消失于
互联网时代的
100件事

100 THINGS
WE'VE LOST TO
THE INTERNET

［美］**帕梅拉·保罗**（Pamela Paul） 著

张勿扬 译

中国出版集团
中译出版社

"你会在某天早上醒来,然后发现这一天已经结束了,而你甚至都还没意识到。你静静躺着,闭着双眼,竖起双耳,想要感受清晨空气的流动,你会感觉到,有些事情从头天晚上起就发生了变化,你也会知道自己已经失去了一些东西,也就是有些东西已经消失了。"

——小川洋子《记忆警察》

目录

导语 ··· 1
一　无聊 ··· 9
二　句号 ··· 13
三　无所不知的人 ··· 16
四　迷路 ··· 19
五　丢票 ··· 22
六　美丽邂逅 ··· 24
七　丑照片 ··· 27
八　文件归档 ··· 30
九　前男友 ··· 33
十　迟到 ··· 37
十一　被忽视 ··· 39
十二　被指定当司机 ··· 42
十三　打电话 ··· 44
十四　医疗表格 ··· 48

十五 无拘无束⋯⋯⋯⋯⋯⋯⋯⋯⋯⋯⋯⋯⋯⋯⋯⋯ 50

十六 学校图书馆⋯⋯⋯⋯⋯⋯⋯⋯⋯⋯⋯⋯⋯⋯ 55

十七 跳蚤市场淘货⋯⋯⋯⋯⋯⋯⋯⋯⋯⋯⋯⋯⋯ 58

十八 高中同学聚会⋯⋯⋯⋯⋯⋯⋯⋯⋯⋯⋯⋯⋯ 61

十九 他们忘了我的生日⋯⋯⋯⋯⋯⋯⋯⋯⋯⋯⋯ 64

二十 厨房里的电话⋯⋯⋯⋯⋯⋯⋯⋯⋯⋯⋯⋯⋯ 66

二十一 家庭聚餐⋯⋯⋯⋯⋯⋯⋯⋯⋯⋯⋯⋯⋯⋯ 68

二十二 私密的窘事⋯⋯⋯⋯⋯⋯⋯⋯⋯⋯⋯⋯⋯ 71

二十三 书呆子男孩⋯⋯⋯⋯⋯⋯⋯⋯⋯⋯⋯⋯⋯ 74

二十四 橱窗购物⋯⋯⋯⋯⋯⋯⋯⋯⋯⋯⋯⋯⋯⋯ 77

二十五 孤独⋯⋯⋯⋯⋯⋯⋯⋯⋯⋯⋯⋯⋯⋯⋯⋯ 79

二十六 生产力⋯⋯⋯⋯⋯⋯⋯⋯⋯⋯⋯⋯⋯⋯⋯ 81

二十七 读者来信⋯⋯⋯⋯⋯⋯⋯⋯⋯⋯⋯⋯⋯⋯ 84

二十八 沉迷演出⋯⋯⋯⋯⋯⋯⋯⋯⋯⋯⋯⋯⋯⋯ 87

二十九 旋转式名片夹⋯⋯⋯⋯⋯⋯⋯⋯⋯⋯⋯⋯ 89

三十 指望医生⋯⋯⋯⋯⋯⋯⋯⋯⋯⋯⋯⋯⋯⋯⋯ 91

三十一 成为第一个⋯⋯⋯⋯⋯⋯⋯⋯⋯⋯⋯⋯⋯ 93

三十二 成为唯一⋯⋯⋯⋯⋯⋯⋯⋯⋯⋯⋯⋯⋯⋯ 96

三十三 生日贺卡⋯⋯⋯⋯⋯⋯⋯⋯⋯⋯⋯⋯⋯⋯ 99

三十四 晚安⋯⋯⋯⋯⋯⋯⋯⋯⋯⋯⋯⋯⋯⋯⋯⋯ 101

三十五 记住电话号码⋯⋯⋯⋯⋯⋯⋯⋯⋯⋯⋯⋯ 104

三十六 报纸⋯⋯⋯⋯⋯⋯⋯⋯⋯⋯⋯⋯⋯⋯⋯⋯ 106

三十七 非主流观点⋯⋯⋯⋯⋯⋯⋯⋯⋯⋯⋯⋯⋯ 109

三十八	独自旅行	112
三十九	文书工作	114
四十	未接电话	117
四十一	学外语	120
四十二	耐心	122
四十三	忽略别人	125
四十四	剪贴本	127
四十五	老资历	129
四十六	望向窗外	132
四十七	《电视导报》	134
四十八	礼貌	136
四十九	接待员	139
五十	私密仪式	142
五十一	留言	145
五十二	玩具和游戏	147
五十三	地图	150
五十四	同理心	152
五十五	亲笔信	156
五十六	老技术	158
五十七	活在当下	161
五十八	拼写	165
五十九	唱片专辑	168
六十	猜测天气	170

六十一 睡前阅读 ·········· 172

六十二 紧急通话 ·········· 174

六十三 注意力时长 ········ 177

六十四 露营 ·············· 178

六十五 请回复（RSVPS） ··· 181

六十六 教科书 ············ 184

六十七 假期 ·············· 188

六十八 记事本 ············ 190

六十九 眼神交流 ·········· 194

七十 独立做作业 ········· 196

七十一 杂志 ·············· 198

七十二 礼貌地询问 ········ 201

七十三 飞机上的偶遇 ······ 203

七十四 支票簿 ············ 205

七十五 错过 ·············· 208

七十六 书法 ·············· 210

七十七 "抱歉" ············ 213

七十八 圣诞节的信 ········ 214

七十九 猜出演员是谁 ······ 215

八十 传纸条 ············· 216

八十一 生病的日子 ········ 218

八十二 秘密 ·············· 220

八十三 卡片目录 ·········· 222

八十四 大学课堂 ················· 224
八十五 记忆 ··················· 226
八十六 电影院 ·················· 229
八十七 弄丢说明书 ················ 232
八十八 相亲 ··················· 233
八十九 百科全书 ················· 236
九十 新来的孩子 ················· 238
九十一 观点 ··················· 241
九十二 拼字游戏 ················· 243
九十三 谦逊 ··················· 245
九十四 学习指南 ················· 249
九十五 父母没被分散的注意力 ········· 251
九十六 盲打 ··················· 254
九十七 相册 ··················· 257
九十八 过滤回忆 ················· 259
九十九 社交提示 ················· 261
一百 落幕 ···················· 264
致谢 ······················· 270

导语

互联网给我们带来了太多东西，比如说信息、访问路径、与外界的联系、娱乐活动、各种发现、愉悦的体验、参与感、丰富性，还有少数人偶尔可以获得的、货真价实的财富。不过所谓进步，从来不是一帆风顺的，就像互联网给我们带来了上述好处，但也拿走了一些其他东西。有些东西被拿走是立竿见影的，比如说我们曾经用相角贴苦心拼装的影集，如今这些相角贴早已翘了起来；还有我们收藏的唱片，根据风格按字母排序，代表了我们的核心灵魂，以及我们想让别人看到的内在；还有我们冲向邮箱的样子，期待着国外的朋友寄来一张令人惊喜的明信片。

还有一些被丢掉的东西，我们后知后觉，直到它们消失了才感受到后遗症：这些东西已经不见了，或者说等同于不见了，因为现在的它们已经变了性质，不再是互联网出现之前的样子了。就像大学同学聚会，不再充斥着某某和保姆私奔的震惊绯闻，也不再流行说某某风韵犹存，某某全然佛系。还有你只能在布鲁明戴尔鞋店所享受到的客户服务：你和女售货员通力合作，为周六晚上寻找合适的舞鞋，就好像结成联盟，共同完成任务一样。这些正在消失的产品、服务以及行为，就如同记忆中的那样，我们一边哼着小曲儿，一边习以为常地接受了它们，但这些东西却在不到短短十年的时间里，被抹灭了，而我们还没能完全理解这些东西消失所带来的影响。发生了什么？它们去了哪里？它们从什么时候开始消失的……

我们都非常清楚互联网在方方面面带来的深刻影响，比如民主；比如公民参与度、公平选举与政府问责制；比如小企业的命运与工人的生活；我们一遍遍地认识到，每次互联网敞开大门，都会立即释放出致命的后果。我们太了解互联网的涓滴效应对日常生活的影响：从我们早上醒来选择触屏而非按键开始；从我们起床后的所作所为，到我们夜晚逐渐入睡时的所焦所虑；从我们通勤的细节到上班后所面临的事项，再到我们下班回家后和家人的相处。互联网改变了我们对上学和假期的协调安排，改变了我们看待自己与对待他人的方式，也改变了我们成长与老去的轨迹。

这些影响我们了然于心。我们对在互联网出现之前是怎么生活的却不够清楚。

我在冠状病毒疫情爆发之前,就开始写这本书了。我早就感受到了互联网在给我迷路的大脑导航,有时被吓一跳,有时让我迷惑,因为感觉互联网并不是一种可选的生活方式,但那时我还没意识到隔离会让我越陷越深,就像其他人一样,陷入一个"只有线上"的世界。谢天谢地,互联网在那里!它就是一道明明白白的生命线,为我们提供有关健康与安全的关键知识,让我们能够远程办公,让被迫分开居住的我们看上去仍有联系。想象一下吧,如果没有互联网,疫情时代会是什么样子。但是互联网也让我们对物理意义上失去的东西变得更为敏感。

就算没有病毒的推动,物品、概念、习惯、想法,这些我们曾经在乎的东西,一个接一个落入了互联网,有时候甚至是悄无声息的。我们很难追溯互联网出现之前的生活是什么样子的。不过花点时间回想一下吧,比如一个寻常的周六清晨,你懒洋洋地躺在床上,非常确信并没有错过任何值得兴奋的事,还想在被窝里蜷缩一会儿,再睡个15分钟的回笼觉。接着你会醒来,伸伸懒腰,在其他人起床前享受这份宁静,也不会受到其他人的想法影响。外界仍很遥远,只有当你打开收音机,或者出门的时候才会进入外面的世界。而如今,你可能一边上厕所,一边浏览着1500个人的想法,甚至不知道你家里的其他人也醒来了,并且和你在做着一模一样的事。

当我们的生活绝大部分都被像素镜头过滤后，意味着什么呢？我们还有可能看清没有媒介作祟的旧时生活是什么样子吗？互联网的一个悖论在于，当它为我们敞开世界的同时，也让我们感受到了整个世界的渺小。我们见证了一个矩形屏幕将一个充满活力的班级浓缩成一片目光呆滞的6岁孩童所组成的网格，而且还只有一半人在线，面对着他们精疲力竭、被隔离的老师。老师也不再活力满满地走进教室巡课，闻着隐约的栀子花香或巧克力曲奇饼的味道。我们也见证了新西兰岩石海岸的壮丽风景浓缩成一张电脑桌面背景图。我们在网上冲浪几小时后，世界看起来很琐碎，很重复，也很平坦。

在线上（还有别的地方吗？），人们会哀叹前互联网时代的某些激情消失了。一个正流行的梗引用了一些不复存在的东西，而这会难倒一个20岁的人。这些被罗列的东西，本身受到了人们反反复复的喜爱与追捧，带有怀旧的意味，几乎是欣喜若狂的挚爱，比如拨号旋转电话！比如DVD和CD-ROMS这类光盘。2019年春天，社交网站Reddit上有一个很热门的讨论话题："互联网杀死了哪些你怀念的东西？"答案包括：移除近期一些小而有意义的碎片回忆。而排名第一的回答则是"心里头有一套大多数人从未听过的笑话集"。还有一个人哀悼专业知识的地位被推翻了："我爸爸说他很怀念和朋友发生争论的时光，因为那个时候这些争执只能通过致电对某个问题最为了解的人才能解决。比如说，你知道闪电是向上传播的吗？不，闪电是往下劈的！给你爸爸打电话吧，他是气象学家。"还有人指出了短波收音机的消亡："当我尝试把世界各地的电台听个遍，并且在世界地图上为我听过的所有电台钉上图钉时，我玩得很开心……你还能够写信给电台，然后收到它们寄来的明信片、三角旗，还有其他有模有样的东西。"这位网友继续写道："一两年前，我找到了我的旧短波收音机（是在Radio Shack①找到的，这也是我怀念的另一件事！），你仍然可以获得一些东西，只不过大部分乐队已经死了。很难过，魔法已经消失了。"

魔法真的消失了吗？还是说，只是一部分魔法消失了，但同时又收获了其他形式的魔法？比如说，毋庸置疑，整个互联网就是一种魔法。毕竟，如果不是因为万能的互联网，混迹Reddit的用户就不会讨论他们对短波收音机的缅怀。没有互联网提供的平台，这些网友们可能也找不到来自世界各地的同道中人，一起凭吊对短波收音机的热爱。我们许多人，都曾经在这个或那个时间点，产生过"只有我一个人"的想法，而当我们步入正确的子线程，或者在谷歌上输入一个问题的开头，接着问题的其余部分就自动输入，就好像有巫女在描述你当下的状态，准得不可思议时，那种"只有我一个人"的想法就会立刻消散。

其他人也一样，敲入他们令人尴尬的问题，还有最黑暗

---

① 美国消费电子产品专业零售商，销售的产品种类包括无线通信、电子部件、电池和配件以及其他数码技术产品和服务。——译者注

的恐惧，和你一样。

说到损失，我们可以对许多前互联网时代的生活方式好好说再见了！还有人会怀念跑三个不同的五金店给手电筒找适配电池吗？或者怀念和伴侣吵架，争论去年夏天乔·潘托里亚诺出演的电影名称？怀念翻黄页找通用电气客服电话，却发现电话号码早就变了？怀念和童年伙伴的日子，想重新取得联系，却不知从哪儿入手？怀念你想用冰箱里枯萎的菠菜和一小块奶酪做点好吃的，却没法在书架上那三本油腻腻的烹饪书里找到一份合适的菜谱？没人会怀念这些前互联网时代的麻烦。

但还有一些损失会带来痛苦。

现在是时候了，就像人们围绕技术展开的讨论，我也不得不承认："我不是卢德分子[①]。"互联网不喜欢对网络吹毛求疵的人，而任何形式的批评都可被视为拖拖拉拉的否定、过分乐观的浪漫主义、可悲的乡愁，或者老朽的顽固主义。你若偶有犹豫，那就是把头埋进沙子里，拒绝接受大变革的必然性。我必须和你保证，对于隐私和数据，或者说私立单位收集私人数据的动机，我不会无缘无故疑神疑鬼，也不会神经兮兮。只有一部分的我渴望活在19世纪的乡村小屋里，当我从花园里摘下藤蔓上熟透了的西红柿，我会叫邻居的名字，和他们打招呼，然后计划用一周的时间给屋顶重新盖

---

① 仇视新奇发明的人。——译者注

草，而我会在每个晚上，借着烛光，在皮革面日记本上记录下计划的细节。

我们都有自己喜欢的东西。我在网上非常享受的东西（主要是免费退货和对于基本问题的简单回答），和别人最看重的东西是不一样的。而我感触最深的损失，也可能和其他人所感到的损失不一样。

我们都有自己喜欢的一套东西，比如说没人知道的钓鱼点、《时尚》杂志的九月特刊、被线上赌博取代的长期扑克游戏会员，还有你和同伴坐在一家饭店，打开菜单，却不知道会看到什么的喜悦之情。我的委屈反映了我作为X世代①出生的人所遭受的经历；表露了一个记者的忧心忡忡，其所在的领域正饱受围攻；反映了一个读者会优先处理的事项，对于这样的人来说，把书签夹在书页之间是个珍贵的仪式；也体现了纽约城里一位三个孩子的母亲所怀抱的希望与承载的焦虑。我像一个旁观者，"我自己"的事情已经抛诸脑后，同时惊叹于现在的年轻人永远都不会再认识那些记者、读者和母亲。就像我爸爸曾经怀念昔日在布鲁克林街头玩棒球的乐趣一去不复返一样，这份仪式对我而言似乎已经陷入了深深的沉闷之中。

这本书说的是我们的损失——那些我们痛苦怀念的东

---

① X世代中的X是由英文Excluding的字母x而来，有被排挤的世代这一隐喻，出生时间范围是1965年1月至1976年12月之间，主要是指美国和加拿大在这段时间出生的人。——译者注

西，那些我们几乎不知道曾经存在过的东西，那些我们可以狠心说再见的东西——这本书还会谈到这些东西的缺席可能意味着什么。有些东西，早已开始淡出我们的视线，因为近期的过往在以越来越快的速度聚积尘埃。此时此刻，我们停下脚步，去记录和享受这些回忆，在我们的集体记忆里，让回忆转身，或敬仰，或哀悼，或庆祝，或反击一种可能性——那就是这些记忆也可能很快会消失。

一
无聊

还记得无聊吗？当你堵在路上，电台也没什么好听的，而时间还在流逝，无聊就会缠绕着你。你被困在超市里排队，读完了被绿箭薄荷口香糖粘住两次的每一份小报上的每一条标题，眼神变得呆滞。你等着室友到来，和你一起吃晚餐，20分钟前就从开胃菜计划到了甜点。又或者你在医生办公室里百无聊赖，只有斑驳老旧的《读者文摘》可看。无聊就是无处不在。无事可做，没有什么能转移你的注意力，或者让你分神，而在需要做很多其他事的疯狂时间段之中，这些时间本应该是宝贵的自由时刻。你意识到你本该带本书来的，问题是为什么你偏偏就没带呢？

不过我们已经解决了这个问题，因为无聊已经不复存在了。不存在空虚的瞬间，甚至人们都不会想这个问题——谁有时间来想啊？听上去就很荒谬。不久之前，摩托罗拉创造了一个新词，叫"微无聊"，来形容那些可能会困扰我们的碎片化小瞬间，不过智能手机可以立刻解决这些问题。"微无聊"这个词才出来，这个问题就已经被解决了。最微小的空白能够通过手指触屏来填满：应用程序、视频、信息、链接、下一轮无拘无束的刷剧，一切准备就绪。不管你要多少朋友、多少熟人、多少同事、多少脸书上的"小伙伴"，多少Words with Friends[①]玩家，又或者是聊天群友，他们要么在你的手腕上，要么在你的口袋里，随时都能与你互动。

一个小说家朋友告诉我，她因网络拖延症而十分懊恼，迟迟不动笔下一本书（加入我们吧，直接做就是了）。当她在Instagram上度过了一整个下午后，她看完了时间线上的所有帖子，突然就感到害怕起来，怕不会再有新的东西可看了。她怕手机消息只会说："到此为止，你完了。你已经抵达了互联网的尽头。"我把这件事告诉了我的一个孩子，他说："这种玩笑到处都是。"孩子们的成长过程中，一直存在着一个逃生阀，就像是一个内置的弹射座椅，能够让他们远离任何讨厌的情境。如果不想在场，他们永远都不需要真的在场。对于成人来说，也是如此。使用脸书的第二大理由，他们自己承认，就是为了缓解无聊。当我询问丈夫对于一场特定演讲或者表演的看法时，他如果没兴趣，就会做出

---

① 一款在欧美地区广受欢迎的休闲小游戏。——译者注

标准回答，嘲讽地说"我去海洋世界了"，但是现在不管是他还是其他人，都可以随时随地，实实在在地去海洋世界，或者至少去一些实时模拟海洋馆，而不是纸上谈兵。不参与不再意味着不做事，而是意味着去做别的事。

人们以前都接受一种观点，那就是生活大部分时候都是无聊的。"无聊"一词直到19世纪中期才出现，一部分原因是它不值得一提。生活即无聊，无聊即生活，不管是继承自祖先的、在麦田里的生活，还是吱扭扭转的、在纺车上的生活。21世纪前的回忆录里，充斥着漫长的乏味，就算你有再多的金钱可以挥霍，也无济于事。不在起居室里闲逛的时候，有闲阶层就会漫无目地沿着空荡荡的人行道散步，凝视着路旁的树。他们还会开车去凝视更多的树。而那些不得不为谋生而工作的人则更辛苦。务农、务工，还有坐办公室的工作，通常都会让人思想麻木；几乎没人会想通过有偿劳动而获得充实感或忙碌感。孩子们从小就习惯了无聊的想法，无人照看他们，可能除了书架或树枝，就没什么东西能转移他们的注意力。

只在短短几十年前，在放羊式育儿的迷惘时代，成年人认为一定程度的无聊是可以接受的，甚至是可以被鼓励的，因为无聊会逼迫孩子运用想象力和创造力。从长远来看，一点点倦怠会让一个人少些无聊。这年头，如果孩子不参加活动，父母就会被视为严重失职，所以课外活动、课后活动，还有各种优先于其他事情的机会与努力，都在激增。但是如果虎爸虎妈不在,孩子们没有受到事无巨细的监管时,就会和他们的设备,也就是电子设备在一起。准备长途汽车旅行或飞机旅行的父母,就像正在策划一场复杂陆地演习的军官。要下载哪部电影到平板电脑上?我们是不是应该发布新的家庭友好博客视频?现在这个时间适不适合让孩子玩《堡垒之夜》①,直到他们在后座上睡着?

孩子在汽车后座上无聊时,70后父母会怎么做呢?他们什么也不做!他们任凭孩子吸着汽车尾气,或者兄弟姐妹间互相折磨,或者玩安全带,因为安全带以前并不是真的为了系在身上。无论何时,如果你抱怨在家无聊,实际上你是在自找无聊。"到外面去。"你的父母会咆哮,或者更糟的说法是:"打扫你的房间。"

不过只有在地下室或后院闲逛的时候,你才会陷入无聊的麻醉效应,由于这份单调乏味,你的大脑就会采取行动,想要代偿。你可能会注意到周围的世界,包括微观世界和宏观世界,尊重它的自然节奏,然后放弃了想要残酷无情地转移阵地,去做另一件事的需求。细微的观察会开始生发并聚集成想法。人们在洗澡时思想最活跃最新颖,是有理由的。我们的思维开始漫游,而我们则紧随其后。你必须要关闭输入,才能产生输出。不过输入永远不会停止。

---

① 一款射击类竞技游戏。——译者注

二
句号

还有其他标点符号比卑微的句号更不起眼吗？这个招人烦的小点，本职工作就是让你完全停下来。没人把句号当作话题来讨论。有关句号的看法，力挺也好，反对也罢，文学传统里都无迹可寻。比起围绕分号、牛津逗号，或者滥用的破折号所展开的热情洋溢的语法内讧相比，句号和它那即将过时的命运，能引发的莫过于一声没精打采的哈欠。不过哪怕是平平无奇的老句号，也有许多值得称道的地方。句号直接、果断，而且还不装腔作势（丝毫没有括号的优柔寡断）。句号恪尽职守，然后朝下一个句子前进。现在，句号没用了。或者用当下流行的说法：要在线结束话题，句号充其量就是个可选项。在推特上，你不会用句号来结束一个句子，除非你想让自己看上去不知道在干吗。在短信里，句号看上去顶多就是乏味，最差不过可笑，而且还能承担意料之外的庄重。句号已经变成了难事和坏事的象征。近期一项语言学研究发现，句号不仅仅是在非正式的文字短信息里变得相当罕见，而且总的来说，它最常见的用途是谈论重要事项。

句号意味着人们在斟酌措辞。当你被叫去和老板开会的时候，就得使用句号，表示你不是要闲聊。句号意味着在屏幕的另一边，有人特别不开心。句号让你显老，让你过时，还让所有人情绪低落。"只有老人家或烦心人才会在每条信息的结尾加上句号"，这是维利亚·图克在她的现代礼仪指南《杀死所有回复》中写到的话。

句号可以给人一种非常有力的强调感，因此听上去有些讽刺，网络版的"拜托"①，"不，谢谢"，还有"真的吗"②卷成了一个小点，这种趋势出现在数字时代早期，并且随着时间的推移得以加强。到2009年，"互联网语言学家"格蕾琴·麦卡洛克指出，有互联网用户把句号定义为"一种炫酷新方法，用来加强（通常情绪化的）嘲讽语气"。句号还能给人一种被动攻击的印象，这是麦卡洛克追溯至2013年的一种趋势。

句号的一部分问题不在于它本身是什么，而在于它本身不是什么：句号不是感叹号。感叹号不再局限于孩童般热情的爆发，或是间歇性的特别强调，而是变成了温暖与真诚的传递符号。所以当感叹号缺席，你将情不自禁地感到失望。

---

① 英文原文puh-leeze，是please的网络写法，在网络聊天中，如果对方发来的消息看上去很蠢，就会选择这样回复。——译者注
② 英文原文srsly，是seriously的网络语简写。——译者注

当对方邮件里只是写了"谢谢"或者"酷"的时候，你会发现你脑子里想的是："他一定不喜欢我的想法。"

这也是为什么感叹号无处不在。真的是无处不在！谷歌邮箱的自动回复永远不会只有"谢谢"。就算没有人工智能辅助，如果你尝试写一封不带感叹号的邮件，也会听起来像个混蛋。而感叹号在邮件里通常出现的位置，以前明明用句号也挺好的。人们收到不带感叹号的邮件，读了之后一定会思考："我是不是做错什么了？"违背你的直觉，违背你在大学学到的一切，违背你在职场沟通中应当采取的做法，尤其如果你还是个女人，那么你一定会写"谢谢！"，甚至是"谢谢！！"现在不这么写就意味着你不够友好。你要是不想这么做，可以用谷歌邮箱的扩展程序，叫作"情感助力"，这款程序旨在帮助坚持使用句号的人"提亮"邮件语气——主要就是通过添加感叹号。

喔唷，不过这种习惯会让你越陷越深。你会发现，你将质疑每个句号。你会发现，你在纠结到底是用两个感叹号还是三个感叹号回复才是最好的。有一天，你醒来后会发现，你在使用表情符号，却不带讽刺意味。你在给你的孩子发亲吻短信，同时思考哪种颜色的心形和哪种办公区公告相匹配，另外还会想，如果通过电子形式给你的主管使眼色会不会很奇怪。你或许人到中年，但正在以翻白眼的方式为邮件收尾，然后经过一番自我觉醒，赶紧补上了一个/笑哭。

三
无所不知

在我们还没把互联网装进口袋之前，如果不知道某件事的答案，哪怕就是些无关紧要的事，也能让人发疯。而且，一般也都是些琐碎的事。试图回忆第一次徒步穿越北极的人的名字，试图搞清楚安德鲁·约翰逊①被弹劾时到底发生了什么，试图想起美国的国花是什么，等等，诸如此类的事可能会让我们花好几小时来思考，尤其当你觉得自己知道答案的时候。各种各样的信息、回忆、想法、故事情节，还有虚构事实都不可捉摸，特别是你当被别人问到，又很想回忆起来的时候。如果你不知道答案，但是又需要知道答案，你就不得不去问身边的每一个人："我能不能先问你一件事呢？"那本和章鱼有关的书到底叫什么名字啊？那部名字叫什么"午夜"的电影，里面有种没有味道、不可探查的毒药，是电影情节的中心，那药叫什么名字来着？可能那不是电影，是个话剧。有一堆事，无穷无尽、令人懊恼又沮丧，

① 美国第17任总统。——译者注

你曾经是知道的，可现在却不知道了，又或者说从来就没知道过。

在近期模糊又无知的迷雾之中，获取并保留信息是一项壮举。有些人通过接受一流教育实现壮举，有些人则天生记忆力强，还有些人只是有收集数据碎片的诀窍，而其他人则对这种诀窍不屑一顾。长达十年的对于"打破砂锅问到底"[①]的狂热追捧，是因为不可能保留各种各样的碎片信息——谁能做到全部答对呢？

回到刚刚的问题，当大多数人不知道所有问题的答案时，极少数知道的人就成了众矢之的。你参加高级研讨会时，总有一个讨厌的人喜欢插嘴。你男朋友总是喜欢说教。你所谓的专家同事总是要指出事实真相，或者揭露惊人的幕后故事，根据他个人的洞察力与敏锐力选取一点知识来分享。总有个人好像老是比别人知道得多，总有那么个人。

那个人不会再打扰你了。如今，每个人都有获取"特殊"信息的稳定途径。内部故事揭晓了，惊人的数据信息也传开了。最具欺骗性的都市传说还没来得及扎根发芽，就已经被人戳穿了真相。我们现在都可以进行事实调查（不过，当然，这并不能防止人们认为他们了解一些事情，哪怕他们事实上并不了解，或者说也不能阻止人们声称"知道"内部消息，而这种内部消息，说好听点，可能叫作另一种事实）。每一天，每一刻，人们都在寻找答案，同时也找到了

---

① Trivial Pursuit，一种问答游戏。——译者注

答案。谷歌每秒钟都会处理全球超过4万条的搜索信息,每年的搜索量高达1.2万亿次。

谷歌让"知道答案"这件事变得不再那么特别。当有人欢呼雀跃地说"我其实知道那个!",意思就是"我不需要上网查",但是这重要吗?只有我才能给自己奖励,如果我不需要上网搜索,通过艰难的思考过程,就能想起谁唱了电影《闪电舞》的主题曲的话(那个歌手叫卡拉,卡拉什么来着……卡拉·迪瓦伊。不,哎呀,我犯什么糊涂……是叫卡拉·艾尔兰?最后我终于找到了答案,欢呼雀跃地喊出来"艾琳·卡拉!"对了!)。然而这太不寻常了。我就像是魔怔了一样,一个接一个地找那些令人痛苦又颇为无聊的虚构事实,想要胜过别人,然后获得称赞。

孩子们曾经以为父母无所不知,因为就算父母不知道一些答案,也会现场编出一些听上去很可信的答案,或者晚上晚些时候去翻书查答案,然后第二天早上捏造出一些常识。现在孩子们会看着父母搜谷歌来查询木星卫星的名称,或者查询油为什么会浮于水面的确切科学理由。孩子们从小就知道,父母并不是无所不知,但是互联网,对,就是互联网,却什么都知道。

四
迷路

迷路——真正的、绝望的迷路,总是在深夜发生,或者在你饥饿难耐的时候发生。这是一个已经过去的问题。但如果你到了一定年纪,肯定会对以下情景记忆犹新:当你抬头的时候,突然意识到完全不知道自己在哪里,恐慌自深处喷涌而出,灌满了你的喉咙。如果独自一人,这种感觉可以非常恐怖。哪怕和父母在一起,这种感觉也很恐怖,那时父母还在互相咆哮,彼此推责,因为你们仍然在沿着同样一条没有路标的乡村小路行进,没有任何显眼的地标——之前已经开了很久的车,结果发现30分钟前就该抵达的饭店其实是在相反的方向,然后下了高速,因为不得不找个地方停下来小便,随便什么地方都行,但一定不可以是大马路边,接着就找不到回去的路了。

我们必须为迷路所造成的损失而感到悲痛吗？

毕竟,往正确的方向前进是一件好事。我们前往要去的地方,因为全球定位导航系统和谷歌地图知道我们的准确目的地,还把我们的实时位置和亲朋好友们共享。毋庸置疑,知道你在何地,并且总是有办法到达目的地,已经提高生活效率,缓解压力。你不需要把方向写下来,坐在乘客座位上搞一张充满标记的纸,不需要去邮局买张地图或者游客手册,也不需要去公用电话亭呼叫救援。你也不必为了一份皱巴巴的马萨诸塞州西部地图去整理书店里乱糟糟的地图专区。

在这个新世界,对某个地方的了解,或者说好的方向感,已经不再是需要培养的素质。你不可以再把知道最佳地铁线路,或者了解周末家乡的铁路修缮情况当作什么稀罕的成就来炫耀。谁会在乎你能不能在没有地图的情况下绕出纽约西村区,或者你掌握了司机版的《托马斯街道地图》呢？

当然,我们可能偶尔会遇到麻烦。优步有时接你的地方可能不是你真正在的地方。谷歌地图也不是完全靠得住。我们还是会迷路,而孩子们会看到爸爸、妈妈,以及苹果智能语音助手Siri三个人在吵架。地图应用总是会选择从地点A到地点B的最优路径,往往会放弃主流路线和主干道,所以人们跟着导航走的路上,不会看到预期的休息站和路标。你可能跟着导航走,到了一条曲折废弃的路上,看上去好像走错路了。从前安静的居民街区充斥着深夜载客的出租车，车上拖着醉醺醺的青少年。

也许有一部分的你会怀念，哪怕只是一点点怀念，在迷路的时候可以责怪别人。你不能说你输错了目的地，或者误读了导航方向，也不能说有人把方向写错了。迷路就是你的错。这里不是加油站，没有自作聪明的人坚持让你向左转，他可能是故意让你这么做的，因为他可能偷偷喝酒了，或者只是不喜欢看你的脸。现在你只有苹果手机在身边，发出平缓的机器音，如果你误读了地图，或者不小心按到了"避开高速"的话，你也只能怪手机。你大可以让Siri下地狱去，她反正也不在乎。

由于你的轨迹始终处于优化状态，你也不可避免地会失去替代路线、意外绕道和一些更无形的东西，但这可能也是最迷人，最难恢复的：那就是失去你自己的能力。如果说旅行最糟糕的部分之一是迷路，那么最棒的部分之一也是迷路。就是在迷路的那些瞬间，我们有了新的机会，能够亲自发现一些新的东西。我们不再会因为未知，因为不知道自己的坐标在哪里，或者说因为压根不知道自己在这个巨大的孤独星球里到底置身何处，又该怎样融入，而体验到那种惊恐又自由的兴奋之情。有时候，我们会暂时失去信号，然后又失而复得，就是在这些罕见的情况下，我们能够重新获得"最终被找到"的快感。

五
丢票

丢票这件事一定所有人都经历过,至少经历过一次,虽然你第一次丢票之后,会发誓再也不会丢第二次了。你去机场去晚了,接着在脑海里检查清单:袋子打包好了;行李箱做好标签了;旅行支票拿在手里;对了,你还记得带了护照。只有那个时候,当你的出租车到达航站楼时,你才会意识到,而且是非常惶恐地意识到,你把机票落在家里了。各种票:它们被遗忘了、被弄丢了、被落下了、从你的钱包里滑出去然后又和其他东西的背面粘在一起了,再也无法复原。你把今天晚上去看演出的票忘在办公室里了,装票的信封塞在你的立式文件架的第一个隔层里,正在你的脑海里嘲笑你。你完全不知道你把公交车月票或者下周比赛的门票丢哪儿去了。你可能要填表,或者在电话里花几小时和客服沟通,抓狂般地试图说服别人你确实买了票,而且就是你本人。有时候,你最终还是没赶上所有的计划。

这种事不会再发生了。你的票——不管是机票、火车票、演出票、通勤票，还是世界职业棒球大赛的门票——都成了电子票，都在你的手机里。就算你想丢都丢不了。你也不会失言，不会在大庭广众之下夸张地把票撕碎，因为票在你的手机里；你也不能把票扔进垃圾桶，就像完成了一项希望自己从一开始就没同意履行的义务。像图片或文本这种东西，如果是以链接和附件的形式存在，就很难真的丢失，而且一直都有备份。你有自动确认功能，你有可扫描的二维码，你还截了图，因为你很懂怎么用智能手机。谢天谢地，生活中一个反复出现的巨大压力源终于走了。当然，如果你手机丢了，那就另当别论了。

六
美丽邂逅

你认识多少对情侣第一次是在电梯上邂逅？又有多少孤独的单身狗是在别人的婚礼上找到了另一半，而且还是他们差点就不会出席的婚礼，比如冤家对头的婚礼？还有一个女人因为约会快迟到了而狂奔（可能是奔向错误的人），结果绊倒了（虽然很可爱），然后无论是从字面意义还是引申意义来说，都跌入了命中注定之人的臂弯，这种事出现的概率又有多大呢？这种类型的美丽邂逅是浪漫喜剧常见的桥段，因此出现在电影里的频率比出现在现实生活中的频率高多了。

然而，如果这种事真的发生了，结局会闪闪发光，倾倒众生，是可以津津乐道的故事，是可以在婚礼通告或校友杂志的班级笔记中炫耀的情节，是可以在家庭晚餐上一遍一遍描绘直至永远的画面。哪怕第一次邂逅并不是那么美好，《老爸老妈的浪漫史》仍旧为每对夫妇背后的秘密提供了线索，或许还是最贴切的解释，帮助你理解你认识的某个人是怎么最后和另一个人走到一起的，尤其是这两个人在一起看上去很奇怪，或者说并不般配。结果你发现他是她前室友的前男友的朋友，恰巧那天晚上出现了。他们相遇在超市里的农产品专卖区，又或者为了看戛纳电影节上最爱的作品而在巴尔博亚剧院门口排着长长的队，结果那部电影一点都不好看，他们要吐槽的地方很多。在这些邂逅的机遇里，存在着巨大潜力；哪怕只是听听，可能就只是在婚礼祝酒时，都可能产生如果他遇见她，或者她遇见他的各种可能性，而这种可能，或许也会发生你在身上。

所以，虽然从统计学上来说不太可能，虽然美丽邂逅仍旧好像是白日说梦，虽然在你无穷无尽的单身岁月里，你最好的朋友会拿美丽邂逅这套说辞来鼓励和安慰你，但是她会说：看着吧，你会看到各种可能性：比方说你坐在公交车上，一个陌生人坐在了你旁边，随便放下书包，放在他的大腿上，你正好可以看到他书包里那本平装书的标题（是本好书）。邂逅可以发生在火车上，也可以发生在雨中。（可能你们都是苏斯博士[①]的粉丝）你们可以在别人开始边玩手机边喝咖啡，或者边看电脑边喝咖啡之前（想象一下，如果在80年代带着打字机去当地星巴克，该有多奇怪），就开始在咖啡馆里聊天。地铁上"我看到你在那里"的桥段充斥着当地经典广告的风格：错过的联系，这是另类周刊的读者所享受的欢愉。

之后一切都迁移到了线上。Craigslist[②]是1.0版本的创新

[①] 美国著名的儿童文学家。——译者注
[②] 一个大型分类广告网站。——译者注

形式，网罗了整个互联网的约会信息，实现了报纸广告"错过的联系"的早期数字化形式，还挂出了私人广告，以及各种其他广告。很快，互联网就变成了电梯，变成了电影院门口的长龙，变成了百货商店，变成了各种各样的地点；互联网成了我们与他人形成联系的替代品。

而且互联网非常非常称职。它匹配了一大帮早期用户，然后又为人们匹配了更加合适的新程序。互联网催生了JDate、OkCupid、Match、Bumble，还有不屈不挠的Tinder[①]，这些交友网站比长舌妇还长舌妇，因为它们的存在，几乎已经没有上文提到的邂逅机会了。现在我们根据预先定好的标准来选择"完美对象"。这套标准过滤掉了和我们宗教信仰不一致的人，过滤掉了没兴趣做园艺的人，但我们永远也不会知道，这些人可能会让我们感到无比快乐。我们都遵循着深埋在硅谷的陌生码农团队制定的算法和公式。2013年，异性恋美国人的在线相亲活动超过了熟人介绍的相亲会面，成了最流行的找伴侣方法，而这种主流趋势还在继续蔓延。今天，十对同性恋伴侣里，就有七对是用这种方式找到对方的。据说，在《纽约时报》发布结婚通告的情侣里，十之八九都是在网上认识的。他们首次邂逅的故事，基本上都能给相互竞争的约会服务商打免费广告了。对于单身狗来说，唯一的问题就是选择哪个交友平台。

---

① 以上均都是国外交友网站的名称。——译者注

七
丑照片

在一键式柯达盛行的年代,大部分照片,只要是不讨喜的、不聚焦的、意外拍下的、过度曝光的,以及上面每个人都像害虫一样长了红眼的,都不值得保留下来。没人知道怎么对焦。没人知道何时关掉闪光灯,或者怎么关掉闪光灯。几乎没人懂审美。你可以筛选一整卷新鲜冲洗出来的照片,它们的化学药剂气味几乎浸湿了空气,却找不到一张比起正对着你下巴正下方,瞄准方向更加吉利的照片。

你也永远不会知道,一旦按下那个小按钮,你会得到一张什么样的照片。你必须等待,通常需要等一个礼拜甚至更久,直到冲洗质量廉价的二十四小时照相馆出现。扔下小小的黑色塑料胶卷以后,你会一头扎回照片冲洗店,满怀希望，几乎不记得胶卷上面有什么。因为胶片很珍贵，所以胶卷可能要几个月才会用完，尤其如果那是36张装胶卷，而不是24张装的话。你打开信封，结果发现，的确：又是一张接一张模糊的恶行。

在20世纪90年代那个疯狂的时期，事情变得更糟了，每一场甜蜜的16岁派对和婚礼盛宴上，都会安排几十台富士一次性相机，而且不知怎的，这些相机肯定会落入压根拍不出一张好照片的客人手里。你可能受到蛊惑，要丢掉好多照片，但通常情况下你不会真的丢掉，因为胶片很贵，而丢照片看上去像是一个虚荣又轻佻的举动。你的朋友有宝丽莱相机，里面的胶卷从插槽里滚出来后，你会大着胆子把它抢走，因为你确信刚才抓拍时自己的表情可关，你还得做好狂怒的准备。

翻看这段时间的照片集，就好像撞见了一段黑暗时期，遇到了一段莫名其妙、时而疯狂的过去，这段时期里，派对上的所有人都哭了，团聚时所有人都皱着眉，在和兄弟玩《小联盟传奇游戏》①时看上去表情痛苦。从来没有人想过在你看起来最美最帅的时候带上相机。校园照片每日每月都在记录惨状，比如拍到你的牙套，拍到中间不平整的牙齿，拍到斑驳的灰色背景。你会尽可能不让父母看见那最能暴露问题的8英寸×10英寸信封，当然他们订购了一套价格过高的照片集，所以无论如何也会保留这些照片，仿佛居心不良

---

① 一款动作冒险类手机游戏。——译者注

似的。这些一年一度的肖像照，都是你童年记忆的一部分！而在青春期的其他时光里，你会逃离所有拿着照相机的成年人。

从这个角度来说，自拍的霸权地位势不可挡。而美国直到2011年才出现了"自拍"这个词。谁能料到有多少人会喜欢自己给自己拍照？那些稀奇古怪却又充满自我意识的青少年们，能够一整个下午都用来摆拍和修图。老年人也很喜欢自拍，旅游巴士停车不是为了让游客拍平平无奇又乏善可陈的风景照和地标照，而是为了让游客自拍。游客们也很喜欢，整个"Instagram博物馆"都纯粹是为了在古怪的背景下自拍而出现；工作人员会代替讲解员，站在旁边帮助游客拍照，帮助他们摆出最适合上传到Instagram上的姿势。酒店和饭店会设计好浴室的灯光效果，提升自拍潜质。是的，浴室的灯光效果。不过比起主要的吸引点，也就是人物本身，背景环境再怎么样也只能排老二。因为，在自拍照里，我们都看起来最美最帅。

八
文件归档

四个立式文件夹幽怨地出现在我的车库里,距离我试图颤巍巍地打开其中一个容易卡住的金属标签封口已经过去好多年了。我都不知道文件夹里装了什么,但我也不能说服自己说它们已经没什么用了。它们毕竟是我的档案啊!人总需要一个地方盛放他过往的历史,还要按照字母排序,比如,根据成绩摆放的艺术作品、夏令营里收到的信、生日贺卡、情人节贺卡,还有其他贺卡、保险单、房屋契据、病历本。保留文件是成年人工作的一部分,这意味着从父母手中征用官方文件,比如出生证明和童年文凭。谁知道什么时候可能就用得上这些东西呢?

文件柜也是所有工作室和家庭办公室的一部分,办公室的库房里,或者你家地下室里,可能也摆着一堆乱七八糟的文件柜。对于作家来说,剪贴是必须的。无论什么时候,当你写的东西发表了,你都会去报摊买几本,然后花好大力气沿着接缝把你的文章撕下来,如果有必要的话还会用到剃须刀片。你把这些剪贴下来的文章按照日期和出版刊物存档，因此当你联系新编辑时，你就可以给他寄去一个牛皮纸袋，里面装满了你的剪贴文章，顺便附上一封介绍信。还有一些文件记录了你撰写大作品的过程。所有名字被印出来的作家都有需要存档的文件——主要研究、初稿、编辑注释——有朝一日可能还在图书馆或大学里卖点钱……如若有幸，人们还会请求你捐赠"你的文章"。

不过把所有文件整理归档并不是什么高难度的工作。无论你从事什么职业，哪怕你只是个实习生、执行助理、办公室经理、柜员，或者目录经理，你都必须归档。你一直归档、一直归档，直到拇指磨损，而且只有当你在公司楼梯上爬了好几级后，才能把文件交给别人，然后又有下一个人等着找你拿文件了。即便是那个时候，你还是会时不时发现自己很难打开一个被卡住的抽屉。

在我继母的促销产品代理公司，我好几个夏天都在整理产品目录，每天这些目录都会装在黄色的大信封里寄过来。我要找一个合适的文件柜，寻找合适的悬挂文件夹，然后拉出里面的牛皮纸袋，撤出"1988年春天"的背景纸，然后换上"1988年秋天"，所有文件都要根据标题的前三个字母来排序摆放。我还会重新调试金属插件，在带孔的小纸上手写一个标签，然后折叠起来，插入塑料标签套里，再看着它从另一端滑出去。最后，我会和锁上的抽屉做斗争，有时候狠狠踢它，让它不再像之前那样歪歪扭扭的。偶尔，在某些怀旧的时刻,我会花时间撬开车库里的某个抽屉,窥探我的过去。档案中的视觉残余——我早忘光了的人类学课的期末论文;从家乡报纸上剪贴来的新闻,说飓风刮倒了我们门前的树——这些文件可能吸引我的注意,让我的思绪回到过去。纸的气味与重量、手写笔迹的年代,抑或是点阵打印机的型号,都让我回到了过去。

如今,还有谁会把这些东西打印出来呢?在统一的云文件夹图标里,你不会再遇到这些事了,你不会小心翼翼地打开和拆封里面的内容,也不会在信封背面发现什么意想不到的东西。我们可以永久关闭所有这一切了。

九
前男友

无论一段关系多么短暂或不幸，你都情不自禁地会想——几个月后，几年后——你的前男友现在过得怎么样了？那个你资助他上医学院的前男友，那个永远必须证明自己才是对的一方的前男友，那个跳舞出类拔萃的前男友。你提出分手后，他是不是郁郁寡欢了好几个月？某天晚上他是不是出去买醉，然后和别人上床了？他是不是和女同事约会了，而你早就怀疑过他一直喜欢那个女同事？后来你是不是发现他其实是同性恋？除非你和他的朋友们保持联系，否则你就不会知道前男友的近况。如果你得知了有关他将要做些什么的消息，一般都是通过结婚公告。大多数时候，这都是最好的结局。你和他结束了，分手的时候不管你多么郁闷或生气，最好都不要再恋恋不舍。

现在已经没有所谓的忘记前任了。无论你对他们是念念不忘还是无动于衷，你都无法将他们从你的脑海里清除出去，因为他们仍旧是你脸书上的朋友，或者是你朋友的朋友,或者你们属于同行,在领英上密不可分。当前男友的名字在搜索引擎上出现时,当你发现自己在某个周五晚上为了他而滚动页面,并且思考"你到底在想什么"时,你是没办法注销前男友的。你们还是会继续在Instagram上互相关注,因为如果不关注的话,你会觉得这么做太过分了。总的来说,有1874个人和你一样。

你可以在网上看到前男友,而前男友可能也在看着你,或者更糟糕的情况是,你关注着他,他却没有关注你。无论如何,他一定会在你最意想不到的时候出现,看上去精神抖擞,拥有一份时髦的新工作,挽着一个长相甜美的女朋友,而这一切,你都是在一个讨人喜欢的图片拼接视频里看到的。你会了解他的一切,从即将举行的婚礼到餐巾纸的花样。你还会看到他完美无缺的宝贝女儿,在家庭分娩池中,在众人的欢呼声中,降临人世,周围播放着朴实的音乐,还站着一个脉脉含情的产妇陪护。他的女儿会在和谐的家庭背景下茁壮成长,越来越美,未来可期。互联网的存在,就是为了让我们沉浸在彼此的幸福之中。

无论你将其称为低调跟踪、网络追踪,还是"隐秘窥探",人们都会在边缘浏览前任的生活,然后无可避免地了解了太多信息:我们以前的朋友和爱人竟然还能做倒立的瑜伽姿势;他们开始欣赏当代艺术了;你还能看到他们富丽堂皇的别墅。别把你的拇指放在那个帖子上太久,不然你可能一不小心做出可怕的事,那就是给帖子点了个赞,然后提醒前任，你已经爬进他的兔子洞很深很深了。又或者，如果你更希望成为一个坏前任，你可以参与一种叫作"侵略式喜欢"的阴险跟踪模式，确保点赞前任上传的每一个帖子，让他知道你仍然在乎他。真是让人瑟瑟发抖啊。

人们也可以尝试人间蒸发——不分手，也不说再见，直接断联——或者说隐身，也就是人间蒸发的变体，你不仅不再回复他的消息，还会彻底匿迹，在所有的应用程序里屏蔽那个人。在WhatsApp上只有一个对勾①，即可表明你已经被拉入黑名单。也许你的前任会"潜水"，也就是人间蒸发的另一种变体，叫煤气灯式心理操纵②，也就是一个人突然和你断联，几个月，甚至几年后，又重新出现在你身边，装作什么都没有发生的样子，和你打招呼："噢，嗨！"不过你仍然发现他们选择对你视而不见。我们不喜欢用这种方式向前看，或者说忘掉前任。

青少年特别擅长把快乐扔来扔去，给别人插刀。他们经历了恶劣分手之后，会在发自己和新欢的合照时提醒前任。Instagram把这种形式的在线欺凌称作"背叛"，而青少年却觉得这是正常的行为。

对于新晋单身狗或者永久单身狗来说，互联网信息量

---

① WhatsApp是一款即时通讯软件，消息发送成功后会显示一个对勾，对方已读后会显示两个对勾。——译者注
② 指对受害者施加的情感虐待和操控，让受害者逐渐丧失自尊，产生自我怀疑。——译者注

太大，太令人痛苦了。作为一个三十好几的女性，思前想后为什么那个英俊的离异男士在和她喝了感觉良好的第一次酒后没有回信息，就已经够悲催了；现在这位女性可以在网上找到明确原因。他说他还没准备好接受新人？看看他在约会网站上活跃的主页吧，都已经人满为患了。他只是不喜欢她而已。

十
迟到

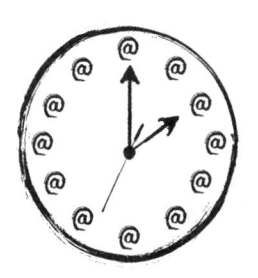

等等，你迟到20分钟了？我都不知道。我的意思是说，如果要说什么的话，我很感谢你的迟到。我终于有机会看今天早上风靡全网的《疯狂原始人》花絮啦，也许是昨天早上就引爆全网了，我还看了喵星人。被你看出来了，我没赶上潮流！不过我的确利用这20分钟做了很多事，包括回邮件，至少回了一部分邮件。再等我一分钟啊，让我写完这封邮件，最后一封，怎么样？谢谢。谢谢你迟到了！也许你也可以先做做你自己的事，怎么样？

不会有人再因为迟到而感到难过，因为等待意味着"自由"时间，意味着赚到的时间，意味着充满魔力的上网时间，我们所有人都能利用这段时间。迟到几乎也不再是出人意料的事,因为我们还在火车上的时候就开始发短信,说信号不好,然后距离约定时间还差两分钟的时候,又发了一条信息,让下一场会面的人知道我们只是迟到了两分钟而已。"没问题!"对方将会这么回复,还补了一句:"我也被耽搁了!"如果是线上会议,那我们连屏幕都不用离开,就能完成这件事了。

  尽管我们比以往任何时候都更了解时间,但我们总是迟到。我们的闹钟永远不会耗尽电池,没人需要手表,除非是智能手表,而时间都在云端同步,就算走得快一点也无妨。在这个一直存在着时间意识的奇怪世界里,其他人持续不断的迟到不仅仅为我们自己的迟到找来了借口,还帮助我们跟上了一个总是快两步的时钟。下一次,请再晚到一点。

十一
被忽视

回到糖果店和旱冰鞋的年代，成年人根本不知道他们的孩子在哪里，和谁在一起，或者到底在做什么，而这都是孩子们的常态。你自己走去学校，或者和你妈妈不喜欢的另一个孩子一起走在街上。也许你们俩各自骑着单车，一起逆行。而妈妈并不需要知道这件事。因为父母不在家，所以脖子上经常挂着钥匙的孩子可以随心所欲地度过一个个下午；哪怕是父母在家的孩子，一般也要等到晚餐时间才会报告行踪。他们可能没写完作业，却吃完了含糖零食。孩子们成群结队到镇子的商店里顺手牵羊，在学校停车场玩滑板。大一点的孩子不小心撞上了年龄更大一点的孩子开的车。某个晚上，沙滩上在举行派对，篝火若隐若现，还摆了三个小桶，不过父母只知道你"出去"了。等你回家的时候，他们都睡觉了。

不管怎样，孩子还是长大了。只不过那些前互联网时代育儿的随意做法，如今感觉都像是严重的渎职行为。互联网时代的父母不需要猜测九个月大的孩子在工作日中途可能会咀嚼什么东西，他们能够精准地知道孩子在哪里，还能知道她是在笑，在哭，还是遇到了致命的危险；他们可以随时切换隐藏摄像头的画面，还可以给保姆发短信；还可以查询日托所网站，点击"游戏室"，阅读每日博客上的帖子，了解托儿所提供的午餐是什么。父母可以看到他们的小宝贝是不是有足够多的时间趴着玩，是不是已经吃完了梨子。

孩子5岁的时候，父母可以利用小发明来追踪孩子，后来还有成人智能手表、孩子自己的手机，总之，设备换了一个又一个，这也是互联网时代标记孩子成长里程碑的方式。父母可以通过每个电子设备，追踪他们11岁的孩子在哪里、和谁在一起，还有孩子的朋友们喜欢什么愚蠢或令人惊讶的东西。父母不需要再猜测孩子在干什么了。

也没必要怀疑13岁的孩子考代数会不会不及格。有了教师家长交流平台和家长门户网站，还有线上成绩单，以及每位老师发来的每周邮件，父母早就知道什么时候该担心儿子的音乐理论测试成绩了。当成绩报告单以自动邮件的形式同时发送给家长和孩子的时候，没什么好惊讶的。倒霉的15岁少年再没机会"忘记"把成绩报告单拿回家了（还记得那些长方形的厚纸,上面有真人用钢笔手写签字的评语吗?),也没机会用涂改液手动修改字母,或者装作没收到成绩单的样子。

父母早就知道了,知道他玩《堡垒之夜》的时间是不是已经超过了规定的45分钟(是超过了),知道他是否浏览过网上色情信息(真抱歉),知道他在学校是否有朋友(到昨天为止有104个朋友),还知道他喜欢谁,或者说好像喜欢谁(看短信就知道了!)。

令人欣慰的是,上帝保佑,如果你上六年级的孩子第一次放学回家的途中发生了任何事,你都会精准地知道他在哪里,什么时候发生了什么事。哪怕是在最坏的情况下,值得庆幸的是,你至少是知情的。不过当如今的孩子想要甩脱父母的监视时,他们也知道该去哪里——那就是钻入更深的互联网中去。他们知道怎么藏身于加密房间,怎么设置小号,并且只在特定的平台对特定的人发帖子,当父母还在考虑要不要戴着有色眼镜和假惺惺的天真问题来窥探孩子的生活时,那些网络头像就已经消失了。随着孩子越来越大,他们还会改装父母设置的监控器,然后父母通过监控器貌似看到了所有想看到的东西,但实际上什么也没看到。

十二
被指定当司机

除非你发誓不喝酒，否则晚上被指定为司机真的挺扫兴的。谁想在爱丽丝和乔一年一度的生日派对上或者除夕夜里保持清醒呢？代驾司机是争执的主题，是不情愿的轮流来，而总有些人最终被排挤在外，成为社交场合上的煞风景。当然，知道有些人，也许只有那么一个人，需要保持自控力，在夜晚结束的时候把每个人安全送回家，也能让这个无论多么放荡的夜晚拥有一定程度的克制力。

现在每个人都可以把自己喝傻了。优步和Lyft时待命，没必要争执谁来开车了。如果派对结束后大家都走了，却没有捎上他们，谁也不需要搁下面子打电话回家，还假装声音清醒，求父母来接自己。现在他们可以酗酒到不省人事。他们还有机会在父母看见他们走路踉跄之前溜之大吉。他们还可以通过Venmo之类的小额支付软件，耍一些花招来掩盖宿醉之夜的花销。

不过，尽管没人会专门庆祝谁在周五晚上喝得酩酊大醉，比起接到警察那令人忧心忡忡的电话，告诉你最新发生的酒驾意外，你还是宁愿女儿在凌晨4点往马桶里吐的时候能揪住她汗涔涔的头发。现在的年轻人觉得酒驾是件疯狂的事，还有很多年轻人甚至觉得开车本身就已经够疯狂了。

十三
打电话

人们总是会花很多时间在电话上。区别在于,互联网出现之前,我们是真的在打电话。想象一下吧。

一想到塞进我们口袋里,或者抓在我们手上的小设备被叫作"电话",就感觉很奇怪,尤其是当你想到它本质上是一台计算机的时候。还有一个正常人会用iPhone 12 Pro Max来打电话吗?人们更倾向于在手机上用小程序点外卖比萨,而不是打电话给比萨店。如果电话响了,我们接电话也只是偶然——哎呀!我本来是要按红键的。

疫情来袭后,人们恍然大悟,原来在发信息和视频连线之间,还有一个古怪的联系方式叫作"打电话",就仿佛他们之前从未打过电话一样,当然他们不是故意的,也不是为了好玩，只是那些时日里，当有人说要和你聊天时，基本前提是用文字聊天。

通过电话与别人交谈已经演变成了"触底行为"或"打卡行为"，无论是哪种说法，都是一种故意为之的沟通行为。大多数时候，打电话是因为戴着手套或者跑步的时候不方便打大段文字。麻省理工的网络社会学专家雪莉·图尔克将这一普遍趋势称为"交谈躲避"。

不过我们以前经常打电话，而且人们也热爱打电话。孩子们会想，电话何时将响起，有没有可能是打给他们的。青少年喜欢聊一整个下午，一直聊到晚上，还渴望拥有一部公主电话，或者有自己的专线。对成年人来说，打电话是一种快速减轻疲乏的方式，让他们从家务活、育儿，以及无所事事中解脱出来。"别打电话了！"家庭成员们会冲彼此吼叫。"妈妈，她已经打了一个多小时电话了！""你还在打电话吗？"人们互相打电话是不需要理由的！

人们也有充分的理由互相打电话。通电话可以解决一些事情。"擅长打电话"是一项有价值的工作技能，值得在工作面试中吹嘘。工作场合中，电话总是响起。所有职务都是围绕电话展开的——秘书、客服代表、电话销售员、接线员；现在大部分这类工作都归机器人和人工智能了。最偷懒的员工知道如果想看上去很忙，最有效的方式就是戴上耳机，然后定期朝着耳机咆哮。一项强有力的举措就是让你自己不止拥有一条电话线。哪怕你的工作和远程通信无关，一天中的大部分时候，你也要表现得像是在通电话，或者表现得你在尽力避免接电话。

谢天谢地，一切都结束了。为什么？后电话一代可能会好奇。这么说吧，一方面，电话总是在错误的时间响起。电话可能具有冒昧性和入侵性，逼迫你在没准备好的情况下参与到一场对话里。打电话是不礼貌的。"是什么让你觉得我可以丢下所有事，马上和你讲话？"当你在地下室倒拖把桶时，电话像催命一样在楼上震动，你肯定想破口大骂。

如今，人们知道你在电话上忙着做别的。没人敢打扰你玩游戏，就好像你第一次打到了第七关，然后来了一个偶然的电话。当你正在费力地敲出一段重要文字，或者给Siri发指示的时候，没人会给你打电话，除非是自动电话或紧急电话。人们知道要先发信息，这种做法远没有打电话那么突兀。现代礼仪指导维多利亚·图克写道："让我们明确一件事：除非有人快死了，否则别在没提前通知的情况下打电话。"恰当的做法是先发信息，或者提前发一份礼貌的邮件，问对方是否方便接电话，即便这个电话只是为了解释清楚近期群聊中难以理解的文本信息。

平心而论，发消息往往是更好的选择。你可以在你想读信息的时候再读信息，也可以选择回复的时间。对于英语不是母语的人来说，他们可以按照自己的节奏阅读信息，还能上网查单词。发消息可以把一切都写下来。

罕见的深度电话交流有时仍会发生，通常发生在密闭空间里坐在你正后方的人身上。"我在火车上。"他会这么开头，然后，当你想打瞌睡时，他陷入了热火朝天的独白之中，抱怨承包商今天早上没有赴约。或者，有人会在开放式办公室里接听电话，让所有人都了解他的牙医保险详情。可能人们太不习惯打电话了，或者说太习惯戴耳机了，完全丧失了控制音量的能力。我们打电话的时候，好像并不知道怎么打电话。很有可能，我们再也不知道该怎么打电话了。

十四
医疗表格

比起坐在医生候诊室里垫着写字板填写五页纸的表格,从一五一十地报告你得过的所有疾病和做过的所有手术,到签写放弃所有隐私的HIPAA协议(医疗保险可携性和责任法案),唯一更加糟糕的情况是触摸着平板电脑上的18个窗口(这些屏幕上的窗口难道不担心人们会把它们往候诊室里的墙壁上扔吗?),然后被要求为自己的各种体验做1星到5星的评级。还有一种糟糕的情况是,你还没来得及预约医生,就先被要求填写加载缓慢的在线PDF上一个接一个的方框。还记得以前你可以给医生打电话,然后选择一个预约时间段吗?

纸越少,问题越多,而且有一半的问题都像是在做市场营销和数据收集,而不是为了你个人的健康着想。你可能觉得所有这些电子数据都意味着医生之间能够实现更好的数据共享,从而免去了你每次看一个新的专科医生时又要重新讲一遍病史的烦恼——唉,实际上并非如此。各个医疗系统之间仍然存在冲突，保险信息也会丢失，还有你的检验结果不知道怎么搞的，没能上传到数据库里。似乎没有人可以上传病史。你介意给你的其他医生发送邮件，要求他们上传你的病史吗？

　　有一次，我都离开候诊室，开始在医生办公室里脱衣服了，还在填写医疗电子平板上的问题，感觉还有30个窗口没填完，还要一边回答护士的问题，我忍无可忍终于爆发了，怒吼一声，"我讨厌做这些！"

　　"我们所有人都讨厌，"护士回答我，同时拿走了我手里那惹人烦的平板并把它往椅子上一扔，继续说，"别在意。"然而可悲的是，在大多数医生办公室里，我们都必须填写这么多东西。

十五
无拘无束

无论你在学校演出中的表现是多么糟糕透顶，无论你的工作汇报做得有多么令人失望，在前互联网时代，值得欣慰的是，你永远不需要知道你真正的表现有多差。毕竟，你自己永远也看不到自己的表现，而大多数人也不会告诉你真相，哪怕你想从他们嘴里套话出来。久而久之，你可以说服自己，或许并不像你最初想象得那么糟。无论如何，你不需要反刍那些情景，因为那些表演时刻来了又去，然后会永远消失不见。有一次，四年级的时候，一个朋友要在话剧《安妮》里表演，她的摇滚歌星叔叔带了一架完整的相机给她拍视频，这在学校其他人眼中看来是只有摇滚歌星才能消费得起的奢侈。还有谁会想要给小学四年级的一场表演录像呢？今天，这个答案是：所有人都可以录像。

在所有事情都变成了表演，而所有表演都可以上传、分享，并供后人剖析之前，风险其实是要小一些的。你不再像以前那样，跑出家门并对自己的仪容仪表一无所知，因为现在你可以从手机上看到你的头发有多乱（还记得化妆镜吗？）。而且当你对着手机照镜子时，或者更糟的情况是，当其他人从手机上看到你的样子时，你将永远不会像之前那样跑出门了，或者至少当你出门的时候，你不会担心自己的头发乱不乱了。每天晚上，我穿过时代广场回家，很难忽略人们抓在手里的成百上千的摄像头，正在记录着每时每刻，记录着他们的人生经历，也记录上了我的人生经历。一想到这种自发的、毫无管制的监控系统就在我身边，我不自觉加快了脚步，在摄像头的视线之中进进出出。我发现自己正在看一段视频，视频里我和一个走在我旁边的通勤同事讲话，他掠过我的肩膀，很清楚有人——很可能是我自己的手机！——可能无意中录了我。我不想非自愿地参与到旁人的直播当中去。而我们总是冒着被"狗仔相机"偷拍的风险。

我们都曾经历过自我意识的觉醒。我在长大成人的过程中，害怕其他人对我的持续关注，除了偶有瞬间想被别人关注之外。其实真相既令人欣慰也相当残酷，那就是没有人真的一直关注着我，不管我想不想被关注，这个事实是最难消化吸收的成人课之一。可能我们都不曾被完全说服过。

当我们永远无法确定别人是否在关注我们的时候，这堂成人课可能在某种程度上帮助我们做好了应对准备，所以我们最好是自己保持警惕。当别人可以轻而易举地把你的行为录下来，然后粘贴到网上时，你没办法让自己隐身。1967年的14岁少女可能会想象健身房里所有人都在不动声色地注意她的大腿围,而2020年的14岁少女则确切知道健身房里的所有人就是在这么做,还有快拍应用里带有时间戳的截图为证。人的自我观,不仅仅与同一个房间里其他人的觉察与反馈息息相关,还与不在场的其他人的点赞与评论密不可分。

面对警惕的观众,孩子们学会了提前美化自己的形象。从中学开始,他们就受到鼓励,要思考自己的个人标签,要开始"登上自己选择的舞台",要决定自己的"关键领域",然后最终就像谷歌为"数码公民"开设的课程里说的那样,变成"网络达人"。青少年们刚发现自我的时候,就吸收了上述一切信息。社会发展不仅仅只是发生在社交媒体上;对于青少年来说,社交媒体本身就是社会发展。他们在社交媒体上学习如何生活,甚至都没必要真的"生活在"这个世界之中。把生活当作表演秀出来,对于大多数孩子来说,再正常不过了。

当然,根据具体情况的要求,我们所有人都会在生活中表演,或者说演戏,但是在真实世界里,我们可以针对具体情况进行调整,知道每件事所针对的特定观众和特定时刻。在线下的世界里,你和领导说话的方式,和你在家与蹒跚学步的孩子说话的方式是不一样的。早期的互联网也允许我们转换表现形式,在只发文本的聊天中,你可以探索各种表现形式和各种版本的自己。

那都是以前的事了。今天,随着互联网的每一个细节都能被查看和捕捉到,人们学会了呈现出单一的、同质化的版本，除非他们不知道怎么搞的，出了小差错，在错误的时间用错误的方式发给了错误的人。新冠病毒的隔离措施，让所有人都被迫一直通过上网的方式来证明自己的存在，而这只会加剧上述过程。在家里的自我，在工作的自我，还有在社交场合的自我，都混在一起了，我们所有人都成了干扰BBC爸爸在家里接受线上工作采访的萌娃。脸书上的你，无论是在朋友看来，在同事看来，在父母看来，还是在你未来的孩子看来，都是同一个"你"。马克·扎克伯格指出："你在朋友、同事，还有其他熟人面前展现出不同形象的年代大概很快就要一去不复返了……拥有两个身份的你，就是一种缺乏诚信的例证。"

真的是缺乏诚信吗？还是说缺乏灵活性？缺乏在人性善变的环境中失败，然后吸取教训、做出改变，最后获得安慰的能力，这是我们赖以进步与成长的能力。我们就不能不去担忧我们是怎么相识的吗？也许人们从长远来看不会发生剧变，但是在正常的人生进程之中，我们一直都在发生小小的变化。我们可以有所瑕疵，却不会永久地改变我们的"个人标签"。

现在，因为每个人都可以看到你，你决定不做那块形状有些伤风败俗的吐司面包了，以免有人录像；或者你选择不去舞厅，因为你喝多了。你不会去接近一个完全的陌生人。你也不会在假期派对上讲那个重口味的故事，除非你确信所有听众都会守口如瓶。你避免做出可能被断章取义的讽刺性评论，也不想让根本不认识你的人看到你的真诚。你太小心翼翼了。你可能不会发帖子，但是别人可能听到了你说的话，或者看到了你做的事。当我们感到快乐、恐惧、痛苦、亲密，或者放松时不再无拘无束，我们就丢失了比个人标签重要得多的东西。

十六
学校图书馆

谁不喜欢每周翘课一次，跑到图书馆，坐在铺满地毯的地板上，而不是坐在僵硬的课桌椅上，听图书管理员大声朗读故事，而不是听老师解释今天的数学作业，还能发现迷上了一本自己永远也挑不出来的书，原因可能是封面太过时了，也可能是上面画了一只松鼠？学校图书管理员似乎确切地知道每周是哪本书能让整个班级着迷。哪怕是不喜欢阅读的孩子，也喜欢古老的凯迪克金奖绘本里纸张与胶水所散发出的霉味，这时候连喜欢吵吵闹闹的孩子也能安静一小会儿，即便只是因为图书管理员用力地在比画嘘声。

还有一排排的绘本让你流连其中，独处一会儿，而之后其他人会把书收起来。家里书不多的孩子们可以自由选择他们想要的书。有时候你自己发现了答案，有时候你问图书管理员，而她似乎什么都知道。对于我们当中的书呆子而言，图书馆是学校最好的地方。

不过那家老旧的学校图书馆已经在21世纪做了翻修和改

造。它甚至都不再叫作图书馆了，而是叫作媒体中心、创作站，或者叫作新的多功能室（也就是说，我们需要更多的空间）。在这个新的空间里，碍事的书架（墙壁、屏障）之前挡住了开放交流的通道（电脑），如今已经被移除了。还有其他架子上的旧理念也都被清空了，基本上没有书本等令人讨厌的障碍物。学校向你保证，那些书已经过时了，只要预算允许，将来应该会有替代品，不过你可能会发现，你已经等了很多年了。同时，媒体中心是一个开放合作、氛围轻松的平台，鼓励自由交换思想，这是封闭的书本无法提供的东西。学生们可以轻松进入并登录媒体中心。

这还是假设学校图书馆没有被完全淘汰的情况。在纽约市，学校图书馆的数量从2005年的1500家减少到了2014年的700家，而学生或学校的数量却没有随之减少。在英国近期的一项调研中，22%的老师反馈，自2010年开始，他们的学校图书馆所获得的资金至少被砍了40%，还有21%的老师表示图书馆的预算不足以让学生以阅读为乐。

请注意，孩子不是吵着要抛弃学校图书馆的人。他们早就开始上计算机课，也有学校发的笔记本或平板电脑，家里也有他们自己的智能手机和电脑，与之相比，媒体中心其实相形见绌。调研报告和销售数据都表明，孩子们，哪怕是喜欢电子产品的青少年们，在很大程度上也更喜欢纸质书，而非电子书。他们还喜欢能够免费借阅图书。不仅是孩子，根据一项2016年的皮尤调查①，53%的18岁—35岁的千禧一代表示他们在过去一年里曾经去过图书馆，或者流动图书馆。2019年的盖洛普民意测验发现，美国人去图书馆的次数比去看电影的次数还多，尤其是年轻人、女性，以及低收入人群最常去图书馆。这些人想要阅读，也喜欢阅读，而且他们如果不去图书馆，可能也买不起那些书。

不过，祝那些在寻觅接下来读哪一本书的孩子们好运吧，他们现在只能参考网上的推荐意见，比方说"如果你喜欢甲，你可能也喜欢乙"。许多学校，哪怕是在像新泽西州的蒙特克莱尔这样的高档先进学区，也没有图书管理员了。费城218所公立学校中有206所已经彻底没有图书管理员了，还有200所学校没有馆藏图书。加州的学生与学校图书管理员的数量比是最差的：7000:1。

学校管理人员在电脑上花费了巨大投资，在他们看来，孩子们可以利用电脑进行自我导航。如果他们要做研究，可以在谷歌上搜索信息，然后只有在真正必要的时候，才去备用书架上（假设还有备用书架的话）搜本书出来。现在几乎所有参考文献书籍都不在了。不过，就像小说家尼尔·盖曼所言："谷歌可以给你提供10万个答案，而图书管理员却可以为你提供正确答案。"

---

① 皮尤研究中心（Pew Research Center）是美国的一家独立性民调机构。该中心对那些影响美国乃至世界的问题、态度与潮流提供信息资料。——译者注

十七
跳蚤市场淘货

我小时候玩的费雪农场玩具有一扇奇妙的前门,每次开门都会发出类似牛叫的哞哞声。这是怎么做到的?!这是小孩子无法理解的事。你可以小心翼翼地轻轻推开门,看看你是不是能靠智慧胜过那头牛,但是那哞哞的牛叫声依旧不可避免地传了出来,一如既往。直到这款玩具消失多年后,那扇门的秘密仍旧印在我的脑海里。

所以当我弟弟送了我一套费雪农场玩具,作为我第一个孩子出生的礼物时,我感觉就像是坐上了回到童年的高速列车,惊叹于世界的神奇。我弟弟送我的农舍也是一样,可能比我们在春山路12号住的农舍要邋遢一点,不是什么一手擎天的现代建筑,后者肯定会吹嘘它能带来更加高级的音响效果。费雪农场玩具是那个时代的原创品，也来自那个时代。我弟弟找了几个月，最终在旧金山的跳蚤市场找到了费雪农场玩具，破败不堪，无人居住，而门仍旧会发出哞哞声。

他的礼物是2005年邮寄过来的，当时跳蚤市场正逐渐失去作为二手货交易市场的主导地位，之后eBay和亚马逊巩固了它们的霸权地位，让找到一些特别的东西变得不再特别。在新的全球集市里，谷歌上出现了以同样大幅度的折扣兜售相同商品的多家供应商，无论你拥有多么炫酷的东西，都不再具有唯一性或稀缺性。

我们失去了追求感。偶然发现你寻觅多年的一本相册，或在外地书店找到一本绝版书，当你可以在家点击购买时，就没什么淘货的惊喜感了。你不需要跑到明尼苏达北部尝贝蒂餐厅著名的派，也不需要为了萨巴咖啡店而跑一趟纽约，你甚至都不需要去街角的超市买这周的蔬菜。信箱里没有炫酷的购物手册，上面写满了难以寻觅的产品，可以作为独特的礼物送人，为了买它们，你会把这些商品编号填写到密封的订单表里，然后在电话里给客服人员复述一遍那些编号。要找到合适的东西，得花些功夫。"现在的购物体验有些贫乏，"一位朋友说，"你无论送什么东西，看上去都没费什么力气。"

我们不再需要为了一件适合在成堆家庭杂物里游荡以寻找一只可爱的茶壶，不用为了买一件合身的复古连衣裙去筛选寄售商店里的货架，也不需要钻研购物手册的每一页（再见了，西尔斯罗巴克①）来找到最舒适的法兰绒睡衣。所有这些，成堆的东西，都可以上网买了，而且还前所未有的便宜，并且这些商品越容易获得，价格就越低廉。自从1995年Craigslist创立后，一切皆可获得，现在这家网站每个月都会列出八千万个新条目。狩猎更容易了，追逐更快了，猎物通常几分钟之内就到手了。你想要可卡颇犬？方圆100公里内，有46条刚出生的幼崽，你只要选好颜色、性别、饲养员、出生月份即可。你还可以根据制造年份和年久失修情况订购专属的老式费雪农场玩具，一个两个三个都行。这些农舍的门很有可能还会发出哞哞声。

---

① 美国曾经广受欢迎的零售商。——译者注

十八
高中同学聚会

你可以在网上找到任何人,实际上包括每个人的现住址、旧住址、电话号码、投票记录、房屋照片、大家族的情况、个人简历、职业生涯、婚礼状况,以及童年的课外活动,等等,都如同画卷一样,鲜明可见。通过网络,我们知道一个仅仅只是认识的熟人何时和女朋友分手了,也知道小学同学何时对她的工作不满意。你好像搬家了,迄今为止是不是搬了四次?噢,还有,亲爱的,以前你发的所有帖子里都有你丈夫的照片,现在却让位给了你自己和你孩子的照片。你离婚了吗?你家孩子,小伊森和小莉莉怎么样了呢?

那些一想到要打开密友的日记就会不寒而栗的人,不会因为浏览三手社交圈的故事时间轴而感到内疚。故事内容也不一定要吸引我们的注意力。我曾经自愿观看了脸书上很多场孩子的钢琴和小提琴表演,可不止一两场,不是我自己孩子的表演,是一些我充其量只能说认识的人的孩子。要是这些父母当中，有人邀请我去参加他们孩子的小学音乐会，我会用难以置信的眼光盯着他们看。我几乎都没时间看自己的孩子表演乐器，如果还把有限的空闲时间拿去观看别人的孩子演出，那真是一点道理都没有。可是，我还是看了。

还有更疯狂的：我对古典音乐没多少兴趣，我自己也不玩乐器。看那些熟人的孩子们线上奏乐，我也没有强烈的感觉。每次我想嘲笑别人奇怪的上网习惯时，而且天知道我们都有些古怪习惯，我都强迫自己承认我自己有可悲的精神错乱。为什么那些我们在现实生活中一万年都不会参加的活动，比如说翻阅老熟人的婴儿相册，被土耳其阿姨的幻灯片折磨，在网上就变得异常诱人呢？

现在我们已经看过了所有这些相片和视频，想要去下一场同学聚会，看看珍或大卫这些年到底怎么样了的冲动已经不复当年。哪怕你一边跳着诡异的探戈，一边问候已经二十五年没说过话的朋友们最近过得怎么样，也已经没什么好发现的了，也没有什么假装要发现的了。你什么都知道，比如说他们有两个十几岁的孩子、一条拉布拉多犬，在隆康科马还有一套富丽堂皇的错层式别墅。

我上次去参加高中同学聚会，还是30岁的时候，是2019年的夏天，我和两个在现实生活中还一直保持联系的朋友一起去了酒吧。然后我们分开了，各自去敬酒。我又一次陷入了五年前就遭遇过的离奇又啰唆的闲聊中，和我聊天的人早就了解了我的工作状况和私人生活，我也了解他们的情况。

我们都知道我们互相了解，但我们还是例行公事地寒暄，就仿佛一起陷入了同一档80年代的浪漫喜剧里。在假模假式的三四轮重聚寒暄之后，我找到了一条溜走的近路，而我才刚进门20分钟。我不再在聚会上闲逛，而是躲开人群，径直回家，这也没什么。我早就已经了解所有人的近况了。

后辈子孙们还会想要每五年参加一次现实生活的同学聚会吗？如今的孩子们，不管想还是不想，都会拖着所有小学和高中的朋友一起上大学。你不可以像以前一样，把毕业纪念册和高中老朋友遗留在你妈妈的地下室里不管不问。现在，到处都是你的毕业纪念册。

十九
他们忘了我的生日

今天的萨曼莎·贝克家将永远不必忍受1984年由约翰·休斯导演的过时电影《十六支蜡烛》里，降临在莫利·林沃德所扮演角色身上的悲剧。当代人不可能忘记谁的生日，绝无可能。

大家的生日都记录在谷歌日历里。脸书会提前一天推送生日提醒，还会在生日过后的那一天弹出一个"迟来的生日祝福"窗口。办公室内网包含了所有员工的每日生日更新。你还知道你朋友的周年纪念日，以及你和朋友之间的友情纪念日，还有他们的工作周年纪念日，下次你访问领英的时候，还会迫不及待发邮件向他们表示祝贺。

我最近一次过生日时，丈夫和孩子都没来得及说一句话，我就已经收到了来自银行、牙医、家庭医生，还有皮肤科医生的生日祝福。这些慰问是通过短信或邮件自动发送的，大概是因为在工作生活的某个时间点，我填过一张表格，可能就是在那些可恶的平板电脑上要求我输入出生日

十九 他们忘了我的生日

期。还有其他一些网站，比如我曾经给我的10岁孩子买过袜子的网站，我曾浏览过运动裤的网站，会推送"生日快乐"给我，大多数时候都是在清晨推送，比如凌晨5点自动发送。早在短信、邮件，还有各种脸书帖子出现之前，那些生日祝福还来自我不认识的陌生人。我们当中有人真的知道别人的生日吗？如果有人为难你，让你勾选出所有侄子侄女的生日，或者说出每天坐你隔间的人的生日，你大概会一头雾水。没人会费脑筋去记住那些日子。没人会专门搞一个小小的生日记事本，或者在地址簿的每一个条目旁边标注生日。而且因为你连地址簿都没有，你都不必定期更新地址簿，或者换本新的，然后再把生日复制到新地址簿上，也就是把它们记下来。别担心，现在有互联网呢，所有生日都在网上查得到，还有匹配生日的表情符号。现在，如果有办法记住那些为数不多的、不上网的人的生日就好了……

二十
厨房里的电话

厨房里的电话是最强大的枢纽,是家庭内外的门户,是唯一陌生人无须通过前门就能进到家里来的途径。电话响起的时候,所有人都想第一个接电话,看看是谁打来的,即便是,或者说尤其是当这个电话不是打给你的时候。"别打电话了!"你的姐妹会从楼上吼你。"你现在可以挂电话了!"你朝你爸爸大吼大叫。"妈妈,他在厨房里不肯挂电话!""我能听到你的呼吸声!"我们都在互相咆哮。

厨房电话总有一条长长的盘绕线,把接收器连到底座上,这样更方便做饭,或者把电话线拉到附近的角落里,确保通话隐私。你可以花好几个小时来梳理在中途卷错了方向的电话线,像玩魔方一样卷起又展开塑料涂层的电缆。小孩子并没有被"触电必死"的警告吓到,反而会咬电线,被那种几乎无法抗拒的咀嚼感吸引,并且获得极大的满足感。半硬塑料尝起来像玩具包装,是的,我记忆犹新。

当你长到足够大,可以自己接电话时,可是件大事,你也会得到明确的指示:一定要声音洪亮地向人家问好,然后问,"我可以告诉她是谁的电话吗?"不要在晚上10点以后打电话,周日不要在中午之前打电话。通话时间不要超过30分钟。永远不要在未经允许的情况下打长途电话!后来,当呼叫等待和来电显示出现后,有些父母认为这些功能很"不礼貌",更不要说价格太贵。你可以直接拿起电话,问对方是谁,何必那么奢侈地从来电显示里知道是谁在打电话呢!这些父母还会在电话铃声不合时宜地响起时,瞪着电话机,喃喃自语:"到底是谁现在打电话过来啊?"

现在几乎没人有座机了。家庭电话不再代表着屋里屋外来来往往的人们。曾经的公开透明,如今已变得晦暗不明。父母不再替孩子们接电话,也不再能看到逐条列出的月度账单上那一串串号码记录。孩子与朋友的交流方式要么上锁加密,要么阅后即焚。父母不知道孩子在锁屏设备后面交谈的人是谁,也不能从偷听的对话片段、泪流满面的交谈或繁忙的接收器中窥见真相。他们不知道女儿在苦苦等待谁打电话过来,也不知道儿子害怕谁打电话过来。父母几乎都没意识到,一句简单的"告诉他我不在家"曾经是多么有用。

二十一
家庭聚餐

无论家庭关系亲疏与否，家庭晚餐时间都是神圣不可侵犯的。吃晚餐的时候，每个人都下班回家了，也完成了家庭作业，是时候问一句"你今天过得怎么样了"。可以在晚餐时间宣布家庭事项，并且讨论周末的安排；也可以有策略地当着所有人的面提及一些话题，这时候提出来效果是最好的；如果你想让在座所有人都知道某件事，那就应该在晚餐时间讲出来。可以讨论卡罗琳阿姨的癌症，讨论春假该干吗，还可以对着寡淡无味的烤土豆和西兰花闷闷不乐，示意在座所有人你真的很不想待在餐桌旁。你如果要离开餐桌，必须找个理由，而且还必须是个好理由。

通常家里的电话都会在晚餐中途响起。"让它响吧"是家庭晚餐的普遍氛围。除非奶奶躺在床上快不行了，或者谁在火车站需要人接，否则晚餐时间接电话不仅不礼貌，而且从一开始打这个电话就是不礼貌的。最好打过来的人是电话推销员。

现在我们的电话已经和晚餐时间紧密相连了，还把互联网搬上了餐桌。我们可以和所有人"聊天"，同时我们也根本没有在互相聊天。在饭馆里等餐的时候，人们并不会和身边的人讲话。曾经，情侣们的脸被烛光照亮，如今却因为点亮的屏幕而发光。我们给食物拍照，然后一起自拍，除此之外，还请求服务员帮忙拍照。你也不必猜测菜单上的食材是什么，也不用通过询问服务员来彰显你对食物的无知，你可以直接谷歌搜索。即便我们在埋头吃饭，也总能找到合适的理由翻看正面朝下放着的手机，或者把手机从口袋里拿出来。看手机只是为了查看一件事；确认一下他说的话；看看保姆有没有发信息过来；回答妈妈的问题，她以前是知道答案的，可是现在记不起来了，她想不起来就会发狂，所以请稍等片刻，我很快回复一下她，抱歉。

当地的小餐馆更安静，一家人各自坐在自己的手机面前，眼睛往下看，对着自己或网上的同伴咯咯笑，而不是穿过餐桌看对方，和身边的人相互微笑。没人抱怨没点到巧克力薄煎饼作午餐，也没人问菜什么时候能上，这些都是次要的。相反，所有人都很满足，每个人都沉浸在自己的世界里，就像皮克斯动画电影《机器人总动员》里描述的地球人的世界末日画面一样，人类被剥夺了肌肉组织和人性，成斑成块地靠在自动躺椅上，贴着便携式屏幕。

无论吃什么饭，要把青少年从手机里拽出来，都不亚于一场史诗级斗争，难怪很多父母都放弃了。只有三分之一的美国青少年在拜访大家庭的时候，会常规性地把手机调静音、关机，或者放到旁边。当然，他们的父母可能不再关心，甚至不再注意这件事，因为他们自己正忙着给三道硬菜拍照，然后在Instagram上秀厨艺呢。我们是生酮饮食爱好者！我们已经开始吃素了！我们是社会中坚力量，吃猪大排，这是我们的传家宝料理。根据一项调研，只有28%的美国人会在晚餐时不玩手机。

弗吉尼亚大学进行了一项实验，在咖啡馆随机挑选了300名就餐者，要求其中一半人把手机放在桌子上，另一半则把要把手机拿走。受试者被告知这项实验是为了测试与朋友吃饭的体验感（甚至根本没提手机的事）。吃完饭后，实验要求受试者就晚餐的享受程度、对话情况，以及食物本身进行打分。比起把手机放在桌上的人，把手机拿走了的那些人给以上三个项目打出来的分都更高一些，而且具有统计学意义。其实饭菜口味并没那么好，只是人的口味好罢了。

二十二
私密的窘事

在人人都带着摄像头之前,如果走路时迎头撞到路灯杆,你会知道只有三个人看见了,其中两个人可能经过你的时候就已经忘了这件事,哪怕你装作绊了一跤,重新调整眼镜,想让自己看上去是故意那么做的。在听讲座的时候,你可以不假思索地提出一个问题,然后很快发现这个问题太无知了,还可能令人反感,于是你坐回座位上,想把自己埋进黑乎乎的听众席里。又或者你在办公室里走来走去时,左脚的鞋底拖着两大块卫生纸,不过并没有谁注意。你的羞耻窘迫只会暂时被少数人看到,而且很快大家就会忘记。你可能之后会和室友分享你的窘事,有些尴尬不安,但也可能一笑了之,然后你会把这件事打包放进脑海里的黑色储藏室,不再见光或想起。

可这种情况再也不会发生了。也许是因为你知道别人会把你的窘事记录到网上,当发生了一些尴尬的事情时,你会发现自己先发制人,对抗想要把这件事公之于众的冲动。你会发条帖子,说"看看我洒了什么在衬衫上"。你想先承认自己做了一件囧事,或者转移注意力,试图掌握这件事的主动权,然后耸耸肩,当作什么也没发生过。至少那件衬衫在Instagram上看着还不错。事情看上去越糟糕,只要在特定的安全区里,你就想把这件事甩出去。现在我们都能互相分享,也确实都在分享,就把一个小小的故障放大了,超出了它原来的比例。一想到我们在将生活铭记于心这件事上迈出了多大的步子,就几乎觉得毛骨悚然。"我们什么都分享,哪怕是最糟糕的事情也要分享!"我们仿佛在给马克·扎克伯格做出集体保证。也许,如果我们对自己坦诚以待,这么做的目的是避免真的有什么不好的事发生在我们身上,同时也避免被曝光到网上。因此主动分享一些囧事,其实是我们自愿做出的,出于迷信的小小牺牲。

我们也愿意参与到别人所犯下的小小罪过之中,不得不说一句:"我看到了。"我是见证者,我会把这件事告诉你。无论是自己承认做了什么事,还是揭发别人做了什么事,我们都做好了把生活当中满满的蠢事、无意的失礼,还有更大规模的集体犯罪随便拿出一件举例的准备,好像到处都是蠢蠢欲动的密探。

在这个"别人的生活"在线更新的世界里,你必须留神,因为当网络水军蓄势待发,准备揭露你的时候,你很容易就会被抓住把柄,比如出轨、撒谎、伪善,还有政治不正确的激进主义。我们当中大多数人,时不时会发现自己成了这群狂热分子的一部分。我们都带着窃听器和很容易隐藏的摄像头。我们都可以接触到大众。我们还被打倒某人的情绪所笼罩。有时候，我们在网上所表现出的愤怒是情有可原的，但有时候，这些愤怒并无道理。有时候，犯人是要对大众负责的公众人物；有时候，说错话或者做错事的她只是一个普通老百姓，不习惯公众的愤怒，也无力忍受人群的暴行。

有时候，失误真的是一件小事，一件蠢事，是那种随便谁都会因此脸红五分钟，然后在没有媒介的世界里忘记，不再留意的愚蠢之举。现在这些蠢事都变成了梗。我们不能再做到的事，至少看上去我们做不到的事，就是为这些囧事保密，让那些窘迫的时刻不留痕迹地过去。似乎只有让每个人都看到这些窘事才公平，否则你做的任何事都冒着成为众矢之的的风险。任何一件蠢事，任何一次不小心，你都必须承认，而且就像许多网络大咖要求我们做的那样，必须分享。

二十三
书呆子男孩

课间休息的那个孩子怎么了？他从来不去水泥地或草地玩耍，而是找一张长凳或者一个角落，能靠着教学楼的一侧，没人注意到他，手里拿着平装书。大多数其他孩子都没有留意他，可能有几个女生注意到了他，还开始暗恋他，因为他既不是体育狂，也没有学习倦怠，更不是极端的戏剧爱好者和小丑一类的角色。他是一个爱读书的男孩，也许在你长大的校园里，那个男孩就是你。

这种男孩现在尤为罕见了。近年来，教育家、阅读专家、学者、出版商都对男孩阅读量下降的现象提出了警告，到处充斥着"不情愿的读者"这一名词，实际上就是"男孩"的代号。他们忧心的统计学数据令人震惊：与女孩相比，男孩更少将阅读作为一种业余爱好，而且远远不如女孩那样把阅读当作一种享受。根据2019年一项针对2000多名6到17岁的美国儿童的调研，只有49%的男孩（相对67%的女孩）认为他们热爱阅读；只有26%的男孩（相对37%的女孩）认为他们每周至少有五天是为了娱乐才读书。总之，十二年级学生中，每天读书或杂志的学生百分比，从20世纪70年代的60%下降到了2016年的16%。

猜猜那些男孩现在都干吗去了。

谁又能责怪他们呢？几乎完全由男性设计的互联网，从实际意义出发，也是为男孩量身定制的，源源不断的信息流、数据流、体育片、科技资讯、笑话、爱好、漫画等，曾经能够在书中找到的兴趣、想法和冲动，现在基本上全都搬到网上去了。即便是最聪明的男孩，也更喜欢掌握计算机语言，而不是文学。他们和全城的孩子、夏令营的孩子，还有住在白俄罗斯的孩子（或许还有成年人？）一起玩精心制作的在线多用户游戏。他们还在策划创业呢。这些孩子当中，雄心勃勃的作家脑补各种故事桥段，不是为了写一部未来小说，而是为了给一家游戏公司出谋划策，也许有一天他们会写出阻止奇点或治愈癌症的代码。

互联网更有趣——速度更快，获取信息更容易，而且比书本的空间要大得多。互联网吸收了早已供应短缺的休闲时间，不过当你看到那些奉献给网游的时间时，很难知道那些时间都是从哪里来的。青春期男孩的父母估计他们的儿子每周大概会花24个小时玩电子游戏，花大约19个小时逛社交媒体。这可能只是他们知道的时间而已。全世界有超过20亿人玩游戏，包括大约一半的美国人。当他们没玩游戏的时候，就在看其他人玩游戏，就好比人们看体育比赛一样（当然还有电子竞技)。五分之三的美国游戏玩家承认他们睡眠不足,五分之二会为了打游戏而不吃饭,五分之一会为了打游戏而不洗澡。

无论书本的魅力如何,都不会特别令人上瘾。大部分孩子都不会有读书的冲动,比如说当他们正在玩游戏,而且早就觉得睡眠不足的时候,他们不会想读书;当他们枕头上的电话在震动时,他们不会想读书;当那张小矩形门户屏幕上有太多事情值得注意时,他们不会想读书。2018年的整个暑假,五分之一的孩子一本书都没读——真的一本都没有,就算学校要求他们读,也没读。这一数字只比两年前的15%有所上升。男孩的情况更糟糕,四分之三的女孩会在暑假读书,而相较之下,只有一半的男孩会在暑假读书。这种情况还延续到了成人世界,三分之一的成年男性表示他们去年一本书都没读。能够成长为书呆子男人(已然消失殆尽)的书呆子男孩已经所剩无几了。

二十四
橱窗购物

再见了，本地的文具店、药店、五金店、服饰精品店、唱片店、小百货和玩具商场。再见了，店面换季大甩卖，哪怕是蒙灰的，无人问津的商品，看上去也仍然充满魅力，偶尔还十分迷人。再见了，能叫出你的名字，或者对你的狗皱眉头，还总是怀疑青少年偷东西的古怪店主。再见了，退货处和维修点，还有专家意见和学院知识。再见了，学徒制，还有像家人一样的雇员、能认得出的人脸，以及社区八卦。再见了，那曾经对灰暗窗户的窥视和对里面有什么的猜测；那装饰明亮的窗户，引诱着我们进入从没想过要进去的商铺；那预示着我们进来了的门铃。再见了，当你需要什么东西的时候，抓起钱包跑出门去以上这些商店的经历，因为现在如果要买什么，点击一下要容易得多。

更常见的情况是，我们看到的窗户是Instagram上的窗口，带着极具针对性的广告，知道我们热衷于北欧风格的毛绒袜子，喜欢世界上最舒适的运动裤，痴迷于刚刚到货的畅销书，或青睐人人赞不绝口的狗窝。这些广告消除了橱窗购物的漫不经心，泯灭了对意外之物的好奇、渴望，以及惊鸿一瞥。

二十五
孤独

还记得在一个你不认识的城市里,躲在旅馆房间里的感觉吗?没人知道你在哪儿,也没人想要找到你。你是自由的!你甚至都不需要远行,就可以找到那种"我在这里,他们在那里"的释然感——你只需要整天独处,从喧嚣中小憩一会儿,或者比平常早醒两个小时,去散一个长步。这些时刻都是你的,而且只属于你。这种孤独的感觉好像已经是很久以前的事了,不是吗?

很长时间以来,孤独都被视为一种珍贵的东西。正如心理学家所言,当你知道如何独处,并且享受自己给自己的陪伴时,你就会更有自信,也会更好地和别人相处。也许是因为人类是如此无情的社会动物,一点点孤独可以帮助我们抵御寂寞。孤独不仅仅是物理意义上的独处。真正的孤独是坚持自己的想法,屏蔽其余所有人的感觉、思想、需求,以及反应,要做到这一点已经变得很难了。我们太擅长在网上和他人相处了,太擅长在散步的时候给别人发消息,或者在别人散步的时候给他们发消息,以至于我们不再擅长独处。我们不一定会再欣赏在瓦尔登湖发现的任何另类风景,这或许是最好的结果,因为邻近瓦尔登湖的任何风景都可能比以往更加难以发现。

因为新技术的出现,专家总会担心我们对孤独的感知,以及我们处理孤独的能力。比如火车能够轻而易举地将人们聚集在一起,专家们就开始担心人们不能再像以前那样忍受彼此之间住得太远。在人们眼里,电台也一样容易产生疏离感;1942年的一项报告表明,美国人已经对电台产生强烈依赖,甚至不再能够忍受孤独或寂寞。我们的各种设备越是想要把我们聚在一起,我们就越是担心这些设备会让我们分离开来。

能够随时和别人联系是一件好事。互联网永远都在展示各种联系,可以给人难以置信的慰藉——真好奇如果没有互联网我们会怎么和彼此相处。不过如果选择不分享或者不参与,你就会觉得和世界脱节了,甚至会在一个你以前从来不觉得寂寞的情形之下感到寂寞。当没人与你相像时,那种感觉就仿佛是没有人喜欢你。与世隔绝的感觉,更加像是被人孤立,而不是美妙的孤独。

二十六
生产力

我们一天到晚究竟在干些什么？我到底是个什么东西？如果被迫考虑这些问题，我发现我忙忙碌碌的一天可以典型描述为忽略大部分邮件，回复某些邮件，比如说从我在收件箱中星标的68条信息中选择某些信息回复，这也是警告我自己必须尽快回复。通常我回复邮件时已经晚了两个礼拜。我正在"回头联系"上个月"联络"过的某人，现在才发现他从来没回复过我的邮件。我正在发起请求，并且跟进邮件信息。我又一次回头联系了别人，一次接着一次，脑子都晕了，不小心回答了两次同样的问题，然后等来一句"哎哟搞错了！"我放大了谷歌搜索框，在里面闲逛，等到一天结束的时候，已经在网上开视频会议开得出现变焦疲劳①了。

我大部分时间都在Slack②上面，这个程序就像21世纪的接线员总机一样亮着；我刚掐灭一个绿点，很快就亮起了下一个，简直是一个无穷无尽的打地鼠游戏。所有这些松懈的时刻，唉，都让我感觉自己像个懒鬼。然而我不能停下来，因为我还有六个对话框正在进行中，我还在给当前线程寻找正确的表情，然后才能进入下一个线程。一直有未读消息、未读消息、未读消息。根据一家生产力分析公司的报告，平均来说，配备了这些办公室信息传递系统的大企业员工，每周都要发送200多条信息。

所有这些都指向接下来的问题：我们取得了什么成就？答案是：没取得多少成就。Slack和其他"团队协作应用程序"本意是为了取代繁重的邮件堆积工作，但通常它们只会让问题变得更复杂。现在我们已经收到了多个应用上的消息通知，我们还会想在那些我们没有登录但可能应该登录的应用上，正在发生什么（稍后必须查看一下）。各种形式的聊天已经从工作日微不足道的一部分变成了仅次于电子邮件的第二大最常见的计算机活动。

我们会查阅很多东西：笔记本电脑、台式电脑、偶尔还有被遗弃的语音邮件，哪怕只是为了删除用外语留下的、晦

---

① Zoom Fatigue：指过度参加视频会议而疲劳或不适。这一叫法源自视频会议软件"Zoom"（变焦）。——译者注
② 一款工作平台和团队消息传递应用，包含电子邮件、短信等多种工具和服务。——译者注

涩难懂胡言乱语的垃圾邮件转录语音。根据近期一项调研，50%的雇主认为手机分散了员工的注意力；44%的雇主认为互联网通常会分散注意力。根据另一项调研，73%的被调查者认为技术已经变得太分散人的注意力了。那么技术到底分散了我们什么注意力？

二十七
读者来信

给编辑寄信是普通人，也就是那些在更大的世界里不一定拥有权力的人，让真正拥有权力的人知道他们在想什么的一种方式。给编辑的信是读者和老百姓为数不多的途径之一，让他们的声音被政府、商界领袖、公众人物，以及报道他们的记者听到。通过给编辑的信，让你的名字呈现在印刷品上，是十分难得的，也是大部分人把自己的观点呈现给普通大众的唯一方式。比如说，你可以在给编辑的信中，抱怨交通干道的十字路口上没有交警，或者上周发表的一篇文章提供了有关当地水电网气的错误信息。你可以通过给编辑写信来提升大家的觉悟水平。

大多数给编辑的信既不是怒气冲冲的咆哮，也不是尖酸刻薄的嘲讽，亦不是脾气大爆发。这些信是经过深思熟虑的，而且也经过了修改校正。敬业的信件编辑会筛选这些读者来信，剔除看上去虚假、疯狂，或者没有足够事实依据的信件。最终出版的信件都是批评与建议，偶尔也会有赞誉。

这些信包括来自各个单位、各个特别小组，以及读者个人的精心回复，信上都有签名和日期，证明写信人对自己的文字负责；这些信有时甚至还能产生影响力。

由于选择发表你专门写的信是一件大事，人们通常会慎重考虑自己写的内容。你必须定稿信件，找到信封，然后找到邮票到底在哪里。你必须把信投到最近的邮筒里，然后等几天，看看你精心谋划的想法是否会出现。所有这些工作都意味着你必须对自己关心的问题有着极高的热情。

不出意料，大部分人最后都不会写这封信。也许他们会一时兴起考虑一下，甚至写几行，但可能几个小时后，当你发现那位电影评论家看上去并没有性别歧视后，或者当那篇文章看上去没那么重要后，你就不会写完这封信了。也许你还有别的事要做，所以没时间写这封你一开始兴致勃勃想要动笔的信。

当然，现在如果你气得脸色发白，你只需要给编辑发送一封电子邮件。你发怒的对象不必知道是你在发火，因为你可以用假名或者匿名账号。你可以咒骂别人，告诉作者她又丑又蠢，不胜任这份工作，也没资格进行这项工作，应该让更年轻或者更优秀的人来从事她现在自私地坚持要做的工作。当你有各种途径直接联系你愤怒的源头，不管那个人是演员、导演，还是地方官时，又为什么要舍近求远去给编辑写信呢？无论是什么样的直线联系，都会比邮件更快捷更容易，也更容易获得即时回馈；你可以在推特上发表四大段长篇大论，或者去Ne×tDoor@市长，给相关文章发表评论，或者发脸书也行。没有人可以阻止你，没有编辑，没有其他守门人。如果你的投诉对象能够看到你说的话，这样的确更加民主。不过如今每个人都可以公开讲话，在激烈交锋中你的声音可能更难被人听到，因为我们都在大吼大叫。

二十八
沉迷演出

剧院的灯光一旦暗下来，外面的世界便消失了，而且会足足消失两个小时。如果上演的是电影《安娜·克里斯蒂》或《妖型乐与怒》，那便是一种享受。如果你受困于中间一排，看的又是音乐剧《星光快车》，那就更接近于折磨，不过无论你喜欢也好，不喜欢也罢，作为观众中的一员，意味着你可以什么都不做，忘记剧院外发生的一切，沉浸于舞台的故事之中。没有其他办法，别人就是找不到你。就算保姆一直抱着孩子没法放手，就算你的前男友正在醉醺醺地敲打你家大门，就算你奶奶给你写了封信正在信箱里等着你去拿，他们也都必须等舞台落下帷幕，等你回家才能找到你。你正在看表演呢。

最糟糕的打扰可能是酸味水果糖包装纸发出响亮而皱巴巴的声音，或者座位离过道最远的孩子在第一幕中途要小便了。有些人可能会不由自主跟着一起唱，或者大声询问邻座观众刚才舞台上发生了什么。在学校音乐会上就更随意了；很可能有一两个过分热情的父母挡住了你的视线，就为了找一个好的角度看到舞台上他们的孩子。在体育场演唱会上坐你旁边的人可能会在别人喊安可①的时候，反反复复轻擦一个坏了的打火机。

而今天，即使是最严肃的剧院观众，也免不了呈现出马戏团的氛围，与上述一切都无法相提并论。就算所有演出开始之前都会有广播声明，直接请求我们把手机静音、不要录像、不要使用闪光灯照相、并且要好好尊重演员，剧院里似乎没有人会真的把手机关机。噢，当然他们还是把手机静音了，只是不会完全关机，因为——你懂的，因为等会儿重新启动要花的时间太久了，而人们仅仅只是无法忍受和别人断联而已。所以就算你坐在那里，打算全身心沉浸于演出本身，你还是可以听到从外套口袋里传来的低沉嗡嗡声，你的邻座也可以听得到，哪怕是轻微的打扰，也会把你们的注意力从舞台上拉回来一点点（比如说，你会看手机，看看你老板回复了那份备忘录吗？）。我们还能看见坐在三排前的人把手伸进了手提包里，当屏幕暗下来的时候，小心翼翼又心不在焉地尝试看手机。没用的，女士。我们看到你在看手机了。

大多数流行音乐演唱会都允许使用手机，不管这对于演出者来说有多少干扰。不过新奇的是，想要把整场演出录下来以后看的人无处不在。"请问你可以不要再用摄像机录我吗？因为我就在这里，在真实的世界里，"这是歌手阿黛尔在欧洲巡回演唱会上对一个粉丝说的话，"这是一场真实的演出。"

---

① Encore，即观众要求演员返场。

二十九
旋转式名片夹

一座厚重的旋转式名片夹威风凛凛地立在高层领导办公桌上的多线电话旁；有时候几个人站成一排，在求职面试中站成了一道令人伤脑筋的风景。"这家伙认识所有人，"你自己一边推算一边想，"我啥都算不上。"一旦你找到了第一份白领工作，你就会从办公用品目录册中订一个属于自己的黑色旋转式名片夹，这也算是你在工作中实现的一个小小进步。你想塞进你能拿到的各种名片、你朋友的名片，甚至还有你妈妈的，这样名片簿看着就不会空空如也。名片簿必须塞得满满当当的，这样才能清楚地证明你有人脉，而且认识很多人，包括那些重要的人、不重要的人，你都认识，而且知道怎么联系上他们。

"你认识谁，你就是谁。"这句话意味着你就是我们那时候说的"有人脉的人"。自从名片簿于1956年因为广告狂人年代的到来而被发明出来，这个用螺线装订的旋转式卡片盒就成了当时的联络本，它的名字"Rolodex"是"滚动"和

"索引"两词合成而来的①，可以把大人物与乌合之众区分开来。不像今天的通讯录，旋转式名片夹是外人无法渗透进去的。

  这些沉甸甸的塑料名片夹已经近乎消失了，还有《广告狂人》电视剧里认真严肃地翻阅那些名片的主人公唐·德雷柏。Rolodex这个品牌本身已经根据数字时代重新定位了，成了一种"联络管理"的形式，你应当把你的各种在线地址簿有组织有规划地融合在一起，感觉就像是值得获得专业协助却又永无止境徒劳无功的任务。"这些人是谁啊？"你在看自己的通讯录时，可能会这么发问。我们都和大明星一样有着好多好多的联络人，但是几乎没有人真的认识通讯簿里的所有人。

---

① 旋转式名片夹是Rolodex公司的标志性产品，因为当时大家都在用，所以在英语中，"Rolodex"就成了这类产品的代名词。——译者注

三十
指望医生

还记得你手臂上莫名其妙肿起一块而你对此毫无头绪是什么感觉吗？要么是蚊子咬的包，要么是皮肤癌。也可能是你之前从未注意过的痣，也有可能是一夜之间转成的恶性肿瘤。哦，我的天哪，还可能是莱姆病①。你只是之前不知道，而且你怎么可能知道呢？尝试通过电话（在电话还没配备摄像头之前）向朋友描述清楚你身上一个随随便便的肿块，哪怕是和医生朋友描述，也是不可能的。你只能去预约医生，然后等着，因为你别无选择。

你要等待的时间不只是几个小时，更有可能是好几天，然后你才能进到医生办公室接受问诊。在等待的那些日子

---

① 莱姆病病例在中国较为少见，但是在美国是常见的蜱传病，早期有淋巴肿大的症状，严重者可导致神经损伤。——译者注

里，你大可以尽情思考那个肿块，不过在冷静下来进行自我安慰和想到最坏的结果这两极之间，你无法摆正自己的位置。一旦你看到了医生，你会特别想知道诊断结果，无论医生说什么，你都会奉若圭臬。最后，医生终于给了你一个结果。除非你的病很重，要寻求第二意见，否则你就会把首诊大夫的结论当作定论。

你以前没法做的，是事先对皮疹进行大范围的图片搜索，然后被三种可能的罕见遗传病吓一大跳，和谷歌医生一起掉入充满想象力的医疗兔子洞，然后出现了一位经验丰富的专家，只不过他自己也重病缠身。你不会全面考虑各种各样的相关症状，然后得出一个可能的自我诊断结果。（要么是川崎综合征，要么是纤维肌痛综合征，要么是西尼罗病毒！）你不会在一开始去看医生的时候就带着自己对病情的解读，早就准备好了挑战医生的诊断结论，也不会坚持认为医生读了一篇你从MedlinePlus[①]打印出来的论文。

但现在你拥有所有信息，图片、数据、各种可能的治疗方案、别人分享给你的治疗故事，当你和医生的预约时间到了的时候，你就会有很多想法要说。当你走进医生办公室时，你已经经历了一场充分的事实调查之旅，感受了各种各样的情绪。当然，你不会等医生用牛至油给你治疗莱姆病，你可能觉得自己对皮疹的了解程度已经超过了医生，而当你把这一切告诉医生的时候，她会想掐你的脖子。

---

① 美国国家医学图书馆旗下的公众健康网站。——译者注

三十一
成为第一个

噢，想想那些日子吧，当你可以成为第一个路过样品展销的人，或者成为第一个发现某家美术馆的人，或者第一个在布拉格人迹罕至的地方找到一家很棒的精品酒店的人。在那些日子里，你可以成为第一个获取独家信息的人：你会通过小道消息得知代数老师早就怀孕了，而这个消息还没有公之于众；你会和哥哥一起去看那个炫酷的小众乐队演出，而其他人甚至根本不知道这个乐队的存在。有那么一刻，某件事只有你知道。在告诉亲朋好友之前，你还可以把这个自己独家知晓的时刻再延长一会儿。成为消息发布者的感觉真让人满足啊。

然而现在，总有人比你先发现隐藏在河流中可供游泳的水域。有时候实际那个先发现野泳池的人，只是想要滑稽地说一声"第一！"。他发出的信号既不代表品位，也不代表学识，更不代表成就，仅仅只是一种执念，一种潜在的想法，很有可能仅仅意味着他愿意按下刷新按钮，而且有很多的空余时间。对有些人来说，只是为了做第一个发现的人，才去第一个发现而已，但你甚至都不知道那是一种什么感觉，因为你永远不会成为第一个。无论做第一个的是谁，这个人都通过亚马逊Vine计划①给所有好产品写了评论。她早就知道你刚刚开车经过的那家快闪店，而且已经在Substack②发了好几天帖子了。几个小时前，她上线了，找出来那个复活节彩蛋，启动了那条线程，创建了一个动图表情，后来这个表情就变成了梗。你还啥都不知道的时候，她的帖子已经传疯了，而她也在逐步扩大自己的影响力。

在网上可以很清楚地看到其他人比你领先了多少，而且还是那种可以量化的类型。你自以为是的小聪明，早就被别人用过了。你可能觉得自己的品位是与众不同的，而你收集的茶巾具有别致的美感，但是我和你打赌，一定有人早就把一套更好的茶巾收藏系列上传到Pinterest③上了。然后你会发现，很多人都收集了你自认为别具一格的东西——不管是什么东西——而且早就已经把这些宝贝打好光拍照传上网了。一些成熟的粉丝俱乐部早就已经催生了一批你永远都追不上的铁杆粉丝。你只是排着长长队伍的另一个普通粉丝，比起

---

① "Amazon Vine"计划是亚马逊向品牌卖家推出的专属评论计划，它是卖家新品快速获得高质量评论的一条捷径。加入该计划的成员，被称为Amazon Vine评论员，负责免费使用亚马逊卖家提供的产品并为这些商品发表真实的买家评论。——译者注
② 美国的自媒体平台。——译者注
③ 一个大型图片社交分享网站。——译者注

其他的真粉丝和骨灰粉，你的执念看上去太弱了。事实上，你是落在最后的那个人。

哪怕是我们当中那些从来不假装自己是先锋的人，也会因为总有确凿证据证明我们参加聚会时永远都在迟到，而感到挫败。我们的穿着也不是什么新鲜款式，甚至以前还穿得好看一些。而你曾经找到的20世纪30年代的绝版小说，一夜之间已经成了Goodreads①的明星书籍。你家街区"新开的"黎巴嫩外卖小店早就已经上榜Yelp、Eater，还有Chowhound②了，在绿点社区还开了一家分店。你并没有成为一个发起人，你只是一个追随者。

---

① 一个大型在线读书社区。——译者注
② 以上均为美食网站。——译者注

三十二
成为唯一

对于我们当中的某些人来说,生活当中总有些时候,可能还不止一次,我们每个人都会半信半疑地认为自己是唯一有甲想法、乙想法,或者丙想法的人。这种感觉就好像你是外星人,而其他人都是地球人,又或者可能……他们是外星人,而你,唉,才是唯一的地球人。你受困于《黑客帝国》,受困于《楚门世界》,受困于20世纪70年代的阴谋论电影,你是留在地球上的唯一一个还有理智的人,也或许是唯一没开玩笑的人。那种感觉很糟糕、很压抑。

现在根本没机会有那种感觉了。

只要上网,你总可以找到另一个和你相像的人,甚至可以找到两个、三个,甚至四千个。虽然知道你可能既不特别,也不非凡,但是你也不孤单,不奇怪,这种感受会让你获得极大的安慰。如果你是一个高需求自闭症儿童的父母,如果你行动不便或患有罕见疾病,如果你生活在与世隔绝的社区,或者你觉得你和小区其他人都脱节了——互联网对你而言，就是天赐之物。不管你是不确定性别认同的青少年还是年纪轻轻的寡妇，想找到情况或处境和你一模一样的人，再也不是没可能了。曾经的陌生人如今不再陌生，而且他们为你而存在——在论坛里，在聊天室里，在各种各样的专门网站上。你永远都可以和为你存在的那些人们聊天，在他们身上找到共鸣。

互联网世界对于害羞鬼和经常坐冷板凳的人而言更加友好，比起现实生活，网上的人更加平易近人。相比于在拥挤的房间里或安静的走廊里直接走向别人然后约他们出去，在网上给别人发私信或者贴标签所担的风险要小多了。对于社交焦虑的人来说，网上交流就是他们的生命线。哪怕是对于那些没那么多社交焦虑的人而言，比起笨重的离线模式，线上联络也更简单、容易、快捷。线上交友的风险也更低——在Instagram上，你什么心思都不用费，只要点击一个按钮，就能联系上你独家认识的某人，而被别人点击，感觉上就像是对你的认可。

孩子不需要离开家去找人一起出去玩，也不需要征求妈妈的同意坐公交车去商场。孩子们可以在各种各样的应用程序上聚会、潜水、交友以及绝交，而这些应用程序所覆盖的范围远远超出了学校食堂。在食堂里孩子们几乎都不和对方说话，每个人都一边狼吞虎咽地吃午餐，一边和手机上的其他孩子互动。在学校里找不到朋友的孩子，可以在别的地方找到朋友。60%的青少年每天，或者说几乎每天都是在网上和他们的朋友一起度过的，晚上的时候，他们通常都和最好的朋友、最恨的敌人，以及长期的暗恋对象共同入眠，而这些人都躺在他们的旁边——以数字化的形式。

三十三
生日贺卡

以前,孩子们的生日都是从冲向信箱开始的。他们等待着第一波超大信封的到来,通常这些东西都会提前几天到达。有哪个溺爱侄子侄女的阿姨会想要错过这么个送生日祝福的大日子呢?这种少时的兴奋可以一直持续到成年,哪怕从博物馆和文具店买的贺卡不再嵌有弹出层和折叠纸,也不再包含支票或贴纸,而是更加成年化的生日贺卡形式——比如关于友情和家庭的关怀嘱托。

现在,生日祝福可能会以电子邮件、帖子、文本的形式出现,而最糟糕的形式,可能是电子贺卡,因为它们要么滑入了邮箱垃圾桶,这也是它们的归宿;要么在生日当天早晨集体降落,因为都是自动发送的。无论这些电子贺卡是怎么来的,没人想要它们。真的,没人想要。电子贺卡都是现成的,对谁都免费,只要他们在网上签了名,上传了数据(包括你的数据!)。因此没人会费心自己制作贺卡,或者亲自去买一张贺卡了。电子贺卡也没什么好玩的,只会逼你连续点击好几个加载缓慢的屏幕，然后你才能看到一条看上去像是私发给你的消息。这样的贺卡，实际上并没有，也没打算让接收人感到自己真的收到了祝福。这样的贺卡，会让你感到生日过得很糟糕，会让你觉得情人节很冷漠，会让你觉得母亲节很残酷。

如果生日礼物是随着一大堆亚马逊的快递到来，唯一的一条消息就是通用的"生日快乐！爱你的祖母"，以十磅大小的无衬线字体印在装箱单上，旁边还有无菌退货说明，又或者你的生日礼物就是一张在线礼物卡，只写了一行字，上面就是发送人和接收人的名字，那就连电子贺卡都算不上了。如果这样的话，至少你也不用写一封真正回信道谢了。

三十四
晚安

紧闭上惺忪的双眼，回想一下从前那些你可以关灯睡觉的时刻，那时候你知道其他人，至少是和你在同一时区的人，也入睡了。那时候没有你离开后还在开派对的情况，只有晚安。那时的世界停止了喋喋不休，关上了大门。只有当早晨到来时，当通勤开始时，我们才一起回到了同一个频道。想一下当你青春年少时，每天都会有那么一个特定时刻，能够让你安然入眠，而不用担心朋友聚会却不叫你，又或者他们在背后说你坏话。他们当然不会这么做的，因为他们都睡着了。

不过有互联网的时候，谁能睡觉呢？当你在等待一封逾期未发送的邮件时，当有人在你睡觉前才分享的照片下面发表莫名其妙又令人不安的评论时，你根本没法睡觉。为什么？真的，为什么呢？你会在枕边思考几个小时，然后暂停你的担忧，又去翻看手机，寻找一个可能的解释。你就没办法等到早上再去处理这些事。

一项接一项的研究表明，睡前使用电子设备会导致睡眠质量变差，这对于70%的美国成年人来说都不是个好消息，因为他们睡觉时都把手机放旁边。还有一个糟心的选项就是连续八个小时（就让我们梦想一下吧）都不上网——但是怎么可能呢？你在11点钟时迷迷糊糊刚要入睡，突然意识到还有最后一封邮件必须发送出去，然后又会扪心自问，为什么不查看一下有没有人在朋友圈发一些重要的消息。如果你在凌晨4点醒来，你可以偷偷摸摸地工作，然后不断滚动浏览消息直到清晨，震惊于整个世界，也震惊于你自己。你有没有试过凌晨4点的叫醒功能来"提前查看"早上的邮件？我试过。

这不是你的错。"当你看到手机，或者手机在你旁边，或者当你听到手机的声音，甚至只是觉得自己听到手机响的时候，你的皮质醇水平会升高，"康涅狄格大学医学院临床精神病学教授大卫·格林菲尔德说，"这是一种压力反应，而且不好受，而身体的自然反应就是想要去看手机，消除这种压力。"当你一直都开机，按下关机键不仅仅会变得不方便，还会变成不可能。心理学家把这种现象称为"持续局部注意力"。这可不是一种放松的现象啊。

如果出于某些原因，互联网不会让我们整晚通宵，那它就会在早晨把我们叫醒。我在这呢，互联网发出了震动提示音或吟唱般的鸣叫声，一边为我们推送发生在世界各地的惊悚新闻并且用可怕的通知形式来记录我们的未读消息，一边提醒我们做冥想。十个智能手机用户里，有八个在清醒状态下会每隔15分钟就查看一下手机，天哪，我们必须查看手机。如果老天爷保佑的话，我们扎扎实实睡了一整晚，但我们也必须知道错过了什么。

三十五
记住电话号码

我最好朋友的电话号码是9446327，我自己的电话号码是9447091。在我们还是孩子的年代，每个人都可以随心所欲拨出电话号码，比如说妈妈工作单位的号码、儿科医生的号码、学校的号码、首选比萨外卖的电话号码等。

现在，当然了，我们谁的电话号码都不知道，而且我是说真的，一个电话号码都不知道。我几乎都记不住自己的号码，更别说我孩子的号码，我甚至都不能完全相信我的两个孩子竟然还有自己的电话号码。拥有自己的电话线，在过去可是件大事（我们的祖父母那一辈，要走接近五公里才能到达学校呢……）！

不久前，我访问了剑桥，我计划和一位12年都没联系的朋友喝咖啡。他建议我们互相交换手机号码，这样就可以互发短信，知道各自的近况。"你的电话还是917××××-××××吗？"他这么写道。我盯着那串数字看了很久，觉得似曾相识，但又不是充分确定。我全神贯注思考了一会儿后，得出了结论，那就是这串号码也许曾经是我的，但我不敢肯定。我记得孩童时期自己的电话号码，却记不住仅仅10年之前的电话号码。

三十六
报纸

早晨是读报的时间，你可以一边读报一边喝咖啡，和室友交流某些新闻版块，或者独自享受阅读，这样你就可以随心所欲地撕下你喜欢的版面。早高峰也是读报的时间，在地铁上，你不得不把报纸折起来，在一个狭小的空间里翻页，就像一位学术专家那样。早午餐也是读报的时间，每个周日的早午餐都异常丰盛，你可以把报纸摊在一张很小的餐桌上，在此之前你已经等了很久，服务员才帮你找到座位。当然，我对这些已经遗失的体验有着强烈的感觉，是因为我在报社工作。不过早在我入职报社之前，就已经这么觉得了。读"报纸"是所有成年人都会做的事，作为一个从小就有志向有抱负的成年人，读报也是我想做的事。

三十六 报纸

在报纸有着各种版面的年代，每个人都有自己钟情的版面。体育迷会马上去看体育版块。从棒球到篮球，你可以在报纸上查看赛事日程、查看统计数据、查看各种交易信息。如果你在比赛结束之前睡着了，你必须等到早上的报纸来了，才能知道比赛结果，或者偶尔也可以在电视晚间新闻里看到比赛结果。美国东海岸的早报往往不会及时更新西海岸的比赛分数。

如果你身处梦寐以求的棒球联盟之中，你会仔细研究统计数据，进行长时间的计算，然后把结果复印下来寄给联盟的其他成员。每周二周三，《今日美国》都会把各个州的棒球赛事数据印出来，而联盟当中总有个人是负责报送数据的。"这是20世纪90年代做的事，"我的一位朋友回忆说，"当我现在想到这件事的时候，我感觉我活在了19世纪。"现在已经是21世纪20年代了，网站会帮你把所有结果都计算好。说到新闻，如果没办法每分钟都刷新信息，那感觉就像是慢悠悠地晃去乡村广场，等待着高声吆喝的卖报小哥出现。

曾几何时，关键信息只能通过报纸获取，而且这些信息往往都需要时间和技能去解读。学习解读棒球比赛的得分是一场成人仪式，你的爸爸或哥哥会手把手教你。如果你想了解股票价格，就必须在报纸的商务版面学习如何筛选和解读表格。在实时线上交易出现之前，大多数业余金融爱好者（也就是非金融从业人员）都是一边依靠这些高深莫测的表格，一边依靠股票经纪人（必须给他付费）来从事股票交易。如果没有守门人——也就是具备专业知识和炒股经验的人引导你，避免你做出太过迅速和愚蠢的决定，那么平庸无奇的你根本不可能完成股票交易。

　　读本地报纸，不管你读的是体育版块还是漫画版块，不仅仅是为了跟上时代新闻，也不仅仅是挥霍热情。你还需要报纸上的优惠券信息，还需要报纸上的分类广告，这是你实现经济独立的途径，也是你在市中心买下第一套小公寓的必经之路。在你实现经济独立之前，你妈妈会剪下你感兴趣的报纸文章，整整齐齐地叠在商务信封里，邮寄给你，里面的内容可能是你喜欢的新电影的影评，可能是你和妈妈一起去过的城市的故事，也可能是报道邻居家模范儿子的文章。

　　本地报纸庆祝了你女儿在足球比赛中获得的胜利，列出了今年毕业生的姓名，以及那些足够优秀、上了院长名单的学生姓名。你可以在本地报纸上刊登订婚通告，然后把这块版面剪下来保存，还可以把它装裱起来以供子孙后代瞻仰；如果是数字版本的通告，打印出来就没那个味了。你还知道会收到一份曾姑奶奶的讣告，她在伊利诺伊州南部小镇生活了80年，讣告上记载了她和教堂、邻居、朋友一起度过的时光。你可以通过报纸追溯某人一生的轨迹，从出生通告到体育赛事的胜利，再到寿终正寝，白纸黑字，明明白白。而现在生活中发生的所有事都以明亮的数字图片形式记录在了脸书上，你的朋友们，还有那些所谓的"朋友们"，都可以看到，只是你所生活的本地社区看不到。

三十七
非主流观点

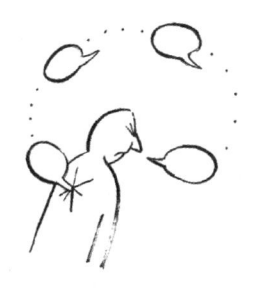

现在不比从前了。以前,周二下午某人当着一些人的面说的蠢话,到了周四就被忘光了。那样漫不经心、无忧无虑的日子已经一去不复返。如今,不管你表达了什么想法,都会有人给你投赞成票或者反对票,有人喜欢,也有人无视,还有人会发消息给别人,这样就能取笑你,甚至还可能把这些话拿过来攻击你,因此你学会了谨言慎行。除非你是故意发起挑衅的,或者你就是一个逆势而为的人,又或者你是一个受虐狂,否则你一定会学会不说任何可能被误解的话,尤其如果你的观点带有政治色彩,或者会把窗外那个世界的事情引向一方、引向反方或毫无关系。

在人手一个互联网扩音器之前,大多数人都懒得把他们的所有经历和意见发给公众剖析，主要是因为有一个基本假设，那就是没人真正在意你的想法，人人都保有自己的秘密。一旦给予了我们所有人一个可以登上舞台的机会，基本假设就变成了我们都有话要说，而且应当说出口。谁知道我们在分享自己的看法时，有多少保留成分呢？

现在，我们知道了，所以我们也知道来龙去脉。当然，我们能够——而且应该——说出口，不过一定要万分小心，而且我们只会在得知听者与我们是站在一边的情况下，才会发表自己的观点。在这个社会、政治、文化严重两极分化的世界里，说出口的观点必须符合预先设定好的几个箩筐，同时保持安全距离。只要你为自己说过的话负责，同时按规矩行事，其他和你在同一个箩筐里的人就会拍拍你的背，对你的正确思想表示赞许。你要么是盟友，要么是仇敌。在这个强制要求主流观点的世界里，几乎没人敢冒险说一些可能惹来一身腥的话，这些话可能会成为众矢之的，遭遇各种尖酸刻薄的批评，批评我们的既有能叫得出姓甚名谁的，也有令人悲哀的匿名人士。我们看似都发表了观点，都说出了口，但大部分观点都遭到了大众的无情压制；我们所有人都很小心谨慎。

那些安全的观点可能不有趣、不具备启发性、不包含大量信息，甚至没什么内容。那些安全的观点不具有煽动性，至少对于早就达成一致的听众群体而言是这样。那些观点可能都不是自己真正的观点。我们听我们想听的，说我们觉得应该说的，无视一个令人遗憾的事实，那就是比起一个单枪匹马敢于提出挑战或者说出非主流观点的人所说的话，这些被打磨得无棱无角的观点并不一定占上风。

但选这条路是明智的，因为互联网总是在聆听我们的想法。互联网会把小事放大，让那些原本微不足道、转瞬即逝的想法，变成了巨大而永恒的存在。

互联网终有一天会朝我们而来。它来势汹汹，充斥着谴责和抵制，还有网络霸凌最残酷的惩罚形式：取消，甚至在此之前，你会被曝光，被对比。你可以在短短几秒钟内经历翻天覆地的情绪变化，做出反应，过度反应，怀疑自我，控诉世界，然后你开始沉思，刚刚打算平静下来，突然发现又有另一件带着挑衅意味的事激怒了你，把你又拉了回来。最糟糕的情况是，你很难平复呼吸，很难将心比心，很难相信这个世界并没有坚决抵制你。我们已经丧失了重获平衡感的自然节奏。

三十八
独自旅行

  当你独自旅行时,会填满一个背包,买一张欧洲火车通票,可能还会搞一张快递票,而且是半价的,因为你要在香港扔下一个神秘的包裹。你还会和亲朋好友举行盛大的告别会,因为你知道你将有两个礼拜,甚至两个月都见不到他们了。那时的你,全靠自己。

  独自旅行,并不意味着在整个旅途之中,既不看世界,也不和世界交流;而是意味着没办法问你信任的熟人推荐哪家饭店,也没办法和家乡的朋友吐槽青年旅社的疯子经理,或者是过夜火车上大声打鼾的路人甲。是坐夜间巴士,还是搭火车?要不要跳过会安,选择去芽庄?当遇到这些问题,需要你做决策的时候,你所有的朋友都爱莫能助。你只能自己做决定。没有人会对你的所见所闻,还有你的旅行预算做出实时惊叹;你不得不依靠自己的反应和自己的想法。你必须把和旅行相关的东西都记下来,自己陪伴自己。

  当你发现自己没人讲话,也无人分享的时候,你就会去寻找陪伴，而且完全不在乎何时何地，只要有人陪你就好了。哪怕这意味着你要和穿着枪花乐队T恤衫的德国呆小子用蹩脚的英语交流背包客心得，又或者意味着你要和那个意大利服务员聊很久很久的天，而他的口音在你听来更像是在讲西班牙语——你只是想在别处听一听自己的声音，而不是让自己的声音仅存于自己的脑海里。

没人知道你在哪里——他们无法定位你、追踪你，也无法联系你。你没有任何束缚。你是自由的。出门在外，没人注视着你，你可以表现出另一面，那是别人在场时你可能不会表现出的一面。你不会仅仅因为别人的期待，或者你可以发帖，而去做某些事。你会在某个景点停留很久，比其他任何人都久，也可能完全跳过那个景点，因为你不想根据指定的路标来规划你想看的风景。你也不必假装惊艳于《蒙娜丽莎》——你甚至可以完全不去博物馆，一边儿待着去吧！

当你在前互联网时代独自旅行时，你的眼睛是看向四周的，而不是往下看。你可以看到、注意到其他人，其他人也能看到你。你还会邂逅陌生人。你的父老乡亲——你的姐妹，还有她最近和父亲的争执；你的伴侣，还有他垃圾的销售演示；你暗恋的对象，他从来没有考虑过你——所有这些都可以抛诸脑后。这种疯狂的自由，如今已无可能。因为外面的世界与你相隔的距离永远只有一微秒，时刻召唤着你去联系别人。

三十九
文书工作

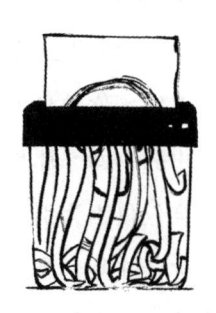

你说的文书工作是什么?提问的是95后和00后。还有人们曾经提过的"行政文件"又是什么?

让我们为了95后和00后,来重述一下曾经的快乐吧:文书工作如此之多,可以在一周之内装满好几个长方形大盒子,而且还如此重要,必须妥善保管,而你的责任就是保证没有一张纸滑落,飘到地上,或是不可挽回地掉到了某个文件柜的底下(记住:我们要把那些文件柜装满)。不需要保留的文件会被丢进碎纸机里,碎纸的声音可以和鼓风机媲美,还会溅出许许多多起皱的碎纸屑,不管你怎么小心翼翼地把残余的纸屑扔进回收箱里,都还是会有碎纸掉落在地上。

三十九 文书工作

你曾经在复印机旁边站了很久很久,看着它,以免卡纸,以免纸用完了,以免纸的顺序放错了,以免无意间双面打印了什么东西(你老板很讨厌双面打印)。然后你必须分发所有材料——分配清单、讲义、文件套——你会把所有东西放在五楼的收件箱里。可恶,你还要把地址印上信封,所以你会上下滚动打字机的齿轮,希望中途信封不要折叠到一起,你似乎永远也没搞清楚怎么样完美无缺地把信息印在信封的正中央,而当你终于做到的时候,发现有一个错别字。清空重来。

在谷歌文件、Dropbox、PDF的年代到来之前,你会在大型会议开始之前收到厚厚的活页文件夹,你会亲自阅读和标记大量文件,不像环保的幻灯片,感觉上根本不需要阅读。这些只存在于以太网上的文件在开放式、分散式、灵活式的办公室之间流转,这些办公室很有可能相互之间距离遥远,而且几乎已经完全是无纸化办公了。

如果没有指定的办公空间,就没有名牌、没有浮动地球仪这种办公桌上的小玩具,你也永远不会产生足够多的、需要用到镇纸的纸。所有桌面上的小玩意都在殚精竭虑地与过时做斗争,因为从老式家具的概念出发,已经没有更多的办公桌供它们摆放了。

致命的开信刀不见了,要命的取钉器也不见了。如果你坚持要像清教徒那样做事,你也许能在库房的货架上找到一根回形针,又或者找到它更加坚挺的现代表亲——活页夹。

你不需要立式文件架来存储收据,因为收据都已经数字化了。传真再也不会响起,这也挺好的,因为没人知道传真机在哪里,甚至不知道传真机是什么。"誊写员巴特比"已经带着他的追随者们,一起离开写字楼了。

四十
未接电话

以前,未接电话可是一件大事。一通电话可能令人振奋,也可能代表了神秘和各种可能性。据你所知,那通电话可能会改变你的人生。可能是你从小学五年级就开始孤注一掷暗恋的男孩,终于看到了你的内在美,而当你错过他打给你的电话之后,这个男孩失去了联系你的勇气,再也没打电话过来。那通电话也可能是校长打过来找你父母的,而你本来可以拦截这通电话,改成语音留言。那通电话还有可能是通知你中了彩票!

有时候你跑进房子里接电话,接起来的时候却只听到了拨号音(啊,那拨号音啊,你拨动听筒下面的叉簧,也想要听到拨号音)。有时候你在房子里瞎转悠了好几个小时,就为了等待电话响起。其他人都去泳池了,而你却坐在冰箱旁边,因为那个小子说他"可能"这周末会打电话给你——然而你其实知道,他和其他人一起去泳池了。

中断电话、未接电话、未回电话。以前,你不知道电话是谁打来的，可能是你奶奶，是你的债主，是想要雇用你或者解聘你的人，也可能是打错了的电话。有些电话本来就是个错误：你第一次给900开头的号码打电话时（查询每日星座运势，查询喜爱的名人信息），你都不知道每超时一分钟就要花费2.95美元。有时候你会打电话给报时小姐，因为没人记得戴表，又或是因为钟表的电池耗尽了。偶尔停次电，每个只有无线电话的人感觉自己像个傻子一样，因为不经意间他们就与世隔绝了。

曾经，你只需要支付75美分的高昂费用，就可以按下*69，查询上一个来电号码，假设这个号码已经登记在册，你就会知道，那可能是你不想理的人打过来的。你可以假装接连好几个礼拜没打通电话。"我给你留了言。"你可以这么解释。你可能真的给对方留言了。大多数时候，你可以假称："我试过再给你打电话，但是你那边占线！"

你的人生或许就取决于一个未接来电。想想电影《电话谋杀案》《电话索命》《惊声尖叫》。手指绕着号码盘来回摸索，女主角的手握住了听筒。在电影《终结者》中，机器人降临地球，要寻找并杀死莎拉·康纳。机器人来自未来，象征着最尖端的技术，是机器与人类力量的无敌组合。他会用嵌入在身体里的GPS系统找到她吗？他会用DNA探测感知系统找到她吗？他会通过她身体里独一无二的编码电子组合运动来感知她的存在吗？他不会。实际上，他使用的是1984

年人类最先进的搜索技术：在白页上查找她①。

　　应答机——还记得那个荣耀的创新发明吗？用一系列愚蠢的、具有自我意识的单词来回答终结者的提问，想让对方受骗上当，以为是莎拉·康纳自己在答话。"骗到你了，哈！"康纳的录制声音欢叫了起来。我们的女主角心神慌乱地穿越城市，心知肚明自己处于危险之中，于是找到了一台公用电话。这些紧张的情景让1984年的观众差点掉下椅子。如今看到那些情景，感觉就像是在看《草原小屋》里想要及时下田耕种土豆的笨重小马车。

---

① 白页是网上专门用于查找用户个人信息的工具，这些个人信息包括电话号码、电子邮箱、邮编，甚至家庭地址等。——译者注

四十一
学外语

翻译得真差，各种错误，反反复复的理解错误，你甚至都不敢尝试发音，因为听你自己讲法语，或者说想让别人听到你像是在讲法语，实在都太尴尬了。当你只有一本口袋字典，或者只有旅行手册里简单的附录，而且只在高中学了一两年半生不熟的法语时，如果你想说外语，通常都会遭遇上述失败。"gai plau"，1993年我搬去泰国，用初级泰语对服务员如是说，我的本意是点鸡肉做菜。服务员点了点头，然后拿回来一盘煎蛋卷和一堆米饭。如果冒险纠正这个错误，我既自卑又困惑，另外还担忧会出现什么后果，于是我还是把服务员送来的食物吃掉了。第二天，我去了另一家餐馆，说出了同样的泰语，然后得到了和第一天一模一样的食物。

那时候没有谷歌翻译、没有YouTube语言插件、没有多邻国语言学习软件、没有"翻译此页"，也没有单词音频供对照检查发音。后来，我发现自己把"g"音发得太重了，说成了"kai plau"，也就是鸡蛋和米饭，但那时我已经更喜欢蛋卷，而不是鸡肉了。如果我上网寻求发音帮助，那我永远都不会知道自己的这一饮食偏好。当你不借助高科技，而是靠你自己去学习一门语言时，你会了解到某类文化的种种惊喜。众所周知，从错误中可以吸取教训，从错误的发音中，可以学会语言。

我们再也无法吸取教训了。我们没必要转向小路去试错。我们没必要为无法互相理解而深表遗憾，又或者恰恰相反，我们不发一言，也能心意相通，我们对着自己傻乎乎的手势和夸张的面部表情哈哈大笑，在所有人看来，都像一场即兴的字谜游戏。在一个人人都会网络用语的年代，学习外语可能就像学习拉丁语，或者背诵元素周期表一样老土过时，（在有些人眼里）学习外语只不过是哗众取宠，浪费时间。

谷歌翻译可以代表你理解所有语言。随着你按下那个神奇的按钮，你可以读懂法语网站或波斯语网站。你可以在几秒钟内读懂用世界各地语言写成的句子。你可以一遍又一遍练习发音，直到你的语音语调趋近一个在学习外国语言方面并非天赋异禀的非母语者所能达到的极限水平。我建议我的孩子们做作业时查阅西班牙语–英语词典，可他们却会当面嘲笑我。

四十二
耐心

曾几何时,每件事情都有属于自己的时间,而你必须等到那个时间档才能做相应的事。这意味着你要正襟危坐到晚上6点,等晚间新闻告诉你世界上发生了哪些糟糕的事情之后,才能等到可以放松心情的电视黄金档。你从整整一年前就开始倒数每个月份,然后你才能观看《音乐之声》《绿野仙踪》,以及《这是南瓜大王哦,查理·布朗!》,这些电视节目都是按季度播出的,播出的时候还有"哥伦比亚广播公司特别呈现"那迷人的标识,随着愈演愈烈的背景鼓声旋转而来。那时没有录像,也没有回放,一年一度的《圣诞雪人之歌》响起的时候,日历就到头了。你一半的快乐都来自每周六早晨播放的《史酷比狗》的提前预告,这种动画片只会在每周六播放,所以这也是你必须等到一定的时间档才能做的事。

录像机,还有相对来说功能小一点的录像带,首次让人们拥有了观看电视节目的小小自主权,从而彻底改变了观影习惯。20世纪80年代的青少年会在MTV频道上看好几个小时的烂录像，希望最终能看到他们想看的视频。当他们心心念念的视频终于上演时，在最初的几秒钟内，他们会冲向录像机，生怕晚了，这样就能把喜欢的视频录下来，下次想看的时候还可以看。我们听广播的时候也会做同样的事，不断调拨电台，寻找我们喜欢的音乐，手指放在播放键和录音键上，时刻准备着同时按下两个键。

假设一下，你想看奥运比赛？奥运会每隔四年才举办一次，而当时没有YouTube，所以你没法从那上面回顾上次比赛的高光时刻。想再看一次球赛里的触地得分吗？20世纪80年代的时候，你可以从英国DVD租赁公司百视达那里租一张有关体育赛事的光碟（然后还回去），也可以等ESPN频道上映特别体育节目。只是你需要等待、等待、等待。

就算是从百视达租光碟，也有诸多不便：你得穿鞋，得开车然后堵车，接着走进街边小商场里的影音店，那个商场永远车位不足。然后你会四处晃悠，思考你想找的光碟是会放在动作片区域、惊悚片区域，还是新片上映区域。然后你还会悲哀地发现，压根没人好好地把那些光碟盒按照字母排序放好。你到了影音店后，可能发现自己要排20分钟的队，因为有位女士忘记带会员卡了；你也可能遇到另一种情况，那就是排在你前面的人拿走了你想看的最后一张电影光碟，那张光碟是崭新的，很受欢迎，被店员收在了柜台后面。

在互联网时代初期，人们要等待的时间也比现在长。还记得我们的调制解调器拨号连线的时候要等好几分钟,然后弹出一个窗口,接着出现了AOL[①]邮箱图标,提示"你有一封未读邮件"吗?今天,诺拉·艾芙隆同名电影的开场片段看起来就像慢动作。如果做一个当代比较,想一下飞机降落至停机坪与你从飞行模式中解脱出来的手机获取信号之间所相差的微小瞬间吧。怎么就那么久呢?你在想。你充好了电,还有两格电。你的手提行李在哪里呢?还有那些新消息弹出窗口在哪里呢?为什么的你手机发不出那条信息?诸如此类的等待简直无休无止。

那曾经无处不在的发现、期待、耐心等待、不耐烦的等待,以及等到之后……终于等到了!这种终于等到的满足感,对于15岁以下的孩子来说,是完全陌生的。他们无法理解时间条的概念。千禧一代看的视频,有70%都"不是在规定时间之内"观看的,也就是说他们看视频的时候,并不是那段视频在电视上初次播出的时间。当他们可以在网上看完全集的时候,没人会等到电视剧下一集播出。甚至连橄榄球比赛直播和总统辩论直播都可以因为大家要喝啤酒庆祝而暂停,那种"我们都在一起看电视"的感觉已经不复存在。你总是可以精准地倒回15秒,去看那段你错过的对话。你可以随时观看你想看的任何内容。你永远都不必受困于《格里甘岛》,因为当你想看这部电视剧的时候,总会有其他片子上映。

---

① 美国在线,著名因特网服务提供商。——译者注

四十三
忽略别人

当有人想联系你，而你实际上可以躲掉的时候，装作毫不知情是很有用的。你怎么会知道人家想联系你呢？你当时出门去了，你当时睡觉去了，你当时在忙，你当时不在，你当时有急事，你当时没收到信息，你现在才晓得有人找过你。以前，玩消失是可能的，也是可信的。当座机电话响起的时候，接电话的可以是别人，然后告诉对方你不在家。如果你是在办公室，也可以由别人接电话，然后说你现在不得空。抱歉！

在线的感觉，就像是你极力想要躲开的孩子一直要求你和他玩游戏。这个孩子总能知道你身在何处，潜伏在你朋友圈的边缘，而他妈妈在接送时间段还总是碰上你妈妈。哪怕是在这些恼火的情况之下，你也有办法脱身。但是互联网很执着，从不接受"不"作为答案，甚至都不理你的暗示。互联网是兽医诊所发来的自动私信，询问你家宠物的近况，又或者是眼科医生发来的自动私信，邀请你查看他们的安全单向传输系统。互联网是令人讨厌的电子邮件,问你对外卖送餐的评价如何,问你是否满意干洗店的服务,问你是否知晓女儿的体操比赛。我们的手机不停地嗡嗡作响,老是收到房产中介、医疗机构、服装供应商、领英更新,还有真人的各种信息——所有这些信息都表现得欲求不满。

四十四
剪贴本

比起填空练习册、三环活页夹，还有斑斑点点的黑白封皮作文本，剪贴本在整个教育体系文本材料中占据着更为重要的位置。很多时候，课堂作业就是无休无止的剪贴本、大批大批的复印表单。一张表填完了，下一张表就发下来，前仆后继，永无止境。

剪贴本会让你一直保持忙碌的状态，会让你每天都过得很充实。放学时你会把剪贴本带回家，然后第二天早上再带来。有时候，剪贴本会故意为难学生，但更多时候，它们只是想让你听话而已。大多数孩子都学会了忍受剪贴本，但也有一些乖巧和好学的孩子（噢，那不就是我吗）令人操心，他们会悄咪咪地爱上剪贴本那干干净净的开端和限定界限的末端。老师们会在剪贴本上标记易于量化的成绩等级和笑脸，有时候还有金色、银色、黄色、红色，或者绿色的小小锡箔纸星星，贴到剪贴本上之前，老师还喜欢舔一下它们。在小学五年级的教室里，剪贴本又回来了，发出小小的尖叫声，那是因为本子上粘贴了圆滚滚的彩色棉花球，上面有黑色的活动眼珠和不干胶脚丫，而其他老师用的是蹭一蹭就能闻到香味的贴纸，也很棒。

　　不守规矩的孩子，不管是抽象意义上的还是确有其事的，都学会了忍受剪贴本，也祈祷他们没有丢失剪贴本，因为如果他们把本子弄丢了，就完蛋了。那时没人有复印机，不能直接复印出另一本。皱巴巴的，或者被撕过的剪贴本是不受欢迎的。如果你把剪贴本落在家里，你就有麻烦了。

四十五
老资历

随着你年岁渐长，在公司步步高升，你将变得更加老练，更加明智，也更富有经验，你可以滔滔不绝述说自己当年的壮举，也能为别人提供实质性建议，直到大家都想听你说话，甚至别人还担心永无机会听你说话。你努力了那么多年，终于熬成了老资历，这是注定的进步，终于轮到你倚老卖老了。

不过在你熬出头之前，你不得不和已经熬出头的老资格们打交道，那些人都是遥不可及的。公司里的元老级人物封印在紧锁的大门之后，又或者和你根本不在一条电话线上。如果不提前和他的秘书预约，你根本没机会和他说话，而且就算你胆敢提出预约，也没有预约的名额了。这种等级制度一点一滴渗透进了整个企业之中。无论在哪家公司，首席执行官的地位都高于所有人，就像打仗时将军领导所有入伍士兵、在家中父母管束孩子一样。营销副经理可以对助理营销经理颐指气使，但如果高级营销经理走了进来，那么前面两个底层员工不管说了什么话，都无足轻重了。那种感觉通常就像是不允许你说话，或者至少是不鼓励你说话。

互联网已经瓦解了这些曾经煞费苦心维系的等级差别，形式或可见，或不可见，但人们都明白。公司里的各种头衔——执行助理、代理人、经理、决策者——都不再横亘于你和你的超级老板之间，就像没人横亘于你和约翰·传奇、你和美国总统之间一样，至少在网上，你们之间是没有第三者插足的。你可以@他们，私信他们，公开评论他们的发言。在一个你自己就是名人和权威的环境里，至少对于一个微新闻圈来说，这些人与你并不遥远，这都要感谢成功的抖音短视频啊。

在网上，年轻人总是至少比年长者领先三步，而他们的父母、老师、老板都知道这一点。整个成年人世界都必须服从学生、孩子，以及初级助理给出的技术提示与最新术语。Slack用户都使用相同的字体；老板和新进员工都用小写字母打字交流，丝毫没有等级观念。如果说有任何等级差异的话，那么老板其实处于劣势：你年纪越大，用的标点符号就越多。你甚至可能都不在正确的聊天频道上；部门里的酷小孩全都聚集到别的地方去了。在那个地方，这些酷小孩可以拉帮结伙，组织活动，发动竞选，签署姓名，然后把签名发到大佬们从没听说过的各种渠道和网站上。与其说是你高高在上遥不可及，倒不如说是没有人想要靠近你和联系你。

对于上级来说，这不是个好消息。不过如果你年纪轻轻，胸怀大志，你可以在办公室内部信息系统里讲一些你从不敢当面对老板的老板说出的话，更别提当面对你的老板直说了。倘若你是在因循守旧的时代里长大的，这种做法可能会让你觉得很鲁莽。不过，当一个人可以和比自己官大三级的领导坐在同一房间，让对方听到自己的发言，请想一想这意味着什么吧。

四十六
望向窗外

20世纪70年代,孩子们在旅行车后面无事可做,一氧化碳渗入车底,融进了香烟弥漫的空气里,连空调也过滤不掉。不管你父母喜欢的车载音乐有多么糟糕,在车里的你都被迫要听,只能望向窗外,提醒自己这世界还有其他美好之处。你望向窗外,观赏风景。当你在想你的目的地时,你会数里程数,或者看着不同车道之间的虚线。假设你和他们关系还不错的话,你还可以和兄弟姐妹在方形游戏板上玩宾果游戏、幽灵游戏[1]、猜地名。

不过人们现在已经不会盯着窗外看了,就算他们在开车,也不会看向窗外了。车子里的每一个人,乘客也好,司机也罢,都在看着更加有趣的东西,哪怕只是余光一瞥——看着架在空调通风口的手机,看着放置在大腿上好不容易找到平衡的手机,又或者是看着车里的内置仪表智能屏幕,上面展示着一列博客偏好与全球定位导航。他们看着苹果手

---

[1] 参与者轮流说出一个字母,使其拼成一个单词。——译者注

表，一边转动手臂，一边单手放在方向盘上，目光时不时离开路面。通常司机都会觉得无聊，因为车上没人和他说话。坐在副驾驶上的人正忙，很忙，忙着看手机，不想被打扰。后座上的孩子们也很安静，都沉浸在各自的手持小设备之中。没人要求靠窗坐，因为那只会让他们的屏幕反射恼人的太阳光。

有时候，就算你想看窗外，就算窗外景色壮丽，就算你在9000多米的高空之上，你也不能看向窗外了。航空公司不再装腔作势地期待乘客凝望云层，而是在起飞时宣布所有遮光板必须在起飞后的一段时间内保持关闭，以保护其余乘客的观赏体验。这里的观赏体验，指的是观看屏幕。你是否曾经飞越格陵兰岛，斗胆把遮光板抬上两厘米，瞥一眼那正在崩塌的冰川？又或者你是否偷偷往窗外看，想看看是不是快到家了？你是否在飞机颠簸的时候紧张兮兮地望向窗外？如果你这么做了，得到的只会是别人嫌弃的目光和深深的叹息：你难道不知道你前面就摆着一张以卫星为支持的数字显示地图吗？

试试吧，试着在火车上看一下窗外，看看窗户上是不是不会反射出坐在你旁边的小子所看的电视节目画面，而你的眼球要从窗外流动的河水转而聚焦到网飞马力全开的动作片上。为了快速剪辑的惊悚片，躁动不安的大脑不由自主地放弃了缓慢流动的风景。我们的目光会投向哪里，常常不由我们自己控制。

四十七
《电视导报》

1948年,默片女神葛洛丽亚·斯旺森登上了《电视导报》的首期封面,这家名为《电视导报》的纽约当地刊物预示了一种新媒体的出现,标志着一种文化时代的黎明已经到来。《电视导报》这本新杂志,既包括轻松愉快的流行文化报道,又包含何时何地发生何事的实用信息,很快就取得了势不可挡的成功。谁不想知道最近发生的事情呢?到1953年,这本杂志已经畅销全国,它的第一个全美封面是喜剧女演员露西尔·鲍尔和她刚出生的儿子小戴斯·阿纳兹。《电视导报》是流行文化时代精神中的《读者文摘》——提供了你能用得到的新闻信息,而且你也没办法从别处获得这些信息,并且这本杂志还足够小,能够让你偷偷带进卫生间。每个人好像都在读它,至少在超市结账排队的时候,大家都盯着这本杂志看。

1988年,因为《电视导报》太成功了,新闻集团以30亿美元收购了它,创造了当时出版界最贵的收购纪录。进入20

世纪90年代后,该杂志根据各地市场需求,发行了大约150种不同的版本,除了介绍全国性的电视节目,还包含了各个地方电视栏目列表。这本杂志精心设计的编码系统也在不断发展完善,以适应特定市场中错综复杂的有线电视栏目。

  你家当地的报纸只会印出电视栏目的每日时间表,而《电视导报》会为你提供整整一周的剧集概要。你根据《电视导报》来计划这周的晚餐安排了。因为有了《电视导报》,你就知道什么时候可以让孩子们看电视,而你可以晚上出去浪。即便是对于我们这些没有订阅《电视导报》的人来说,读《电视导报》,哪怕就只是每周看看它的封面,都能让你觉得你和这个国家其余人在同样的文化频道上。你和其他人共同构成了一张近乎完整的爱好织锦,无论你爱的是《危险边缘》[1]还是奥普拉的脱口秀。如今,我们的文化已经分裂成破碎的千丝万缕,如同这个分裂的国家。现在,所有电视栏目信息都在《电视导报》的官网上了,然而还有无数个其他网站也都显示着一模一样的信息,谁还会去看它呢?

---

[1] 哥伦比亚广播公司的益智问答游戏节目。——译者注

四十八
礼貌

再见,亲爱的。事实上,应该说再也不见了,"亲爱的"。这样一个听上去像是姨妈在和我们亲切打招呼的词,这样一个曾经在美好的信件开头出现的词,已经消失于电子邮件、短信消息、Slack对话,以及其他线上聊天形式之中,就像"最好的祝福""真心诚意的""你的×××"这样返祖的信件落款也不再是我们结束一段对话的用语。还有我们的头衔、我们的名字,都不见了,因为敲这些字就是浪费我们宝贵的拇指。(还有谁会读这些东西呢?)实用主义的互联网淘汰了这些无关紧要的东西。

随着这些私人称呼和亲密称谓的消失,我们也失去了善意友好,以及礼貌端庄(请原谅我用这个过时的词语)的绝缘效应。这两种美德早已岌岌可危，受害于党派偏见的不断增加和文化的普遍粗俗化。我们的网络用语，伴随着那些随意得满不在乎的术语，不仅仅反映了礼貌程度的下降，而且狠狠地挫败了礼貌用语的地位。

人们在上网的时候，很容易变得粗鲁无礼。那些在朝孩子大吼大叫之前还会犹豫一会儿的人，发短信的时候会迅速用上所有大写字母（你在吗？！回答我！）。从未在线下见过面的同事更容易在"私人"聊天的时候相互发泄吐槽。除了在社交媒体上有人对你恶言相向，还有哪些场合有人对你说出更加恶毒的话语吗？仅仅只是因为你的视若无睹，就在社交媒体上遭受到强烈的谴责，还有其他场合会给你更加强烈的谴责吗？并不是别人才会这么做。承认吧，我们都会这么做。就算是文本信息有内容限制，你是否曾经在回信的时候挖苦过别人？而这种挖苦是你当面根本不敢的。是的，你挖苦过。

互联网经济里最不开心的职业是什么？竞争可激烈呢，包括优步司机、外卖员、仓库管理员，而其中最不开心的当属评论区版主。想象一下吧，成天到晚都被迫接受负面情绪的感觉：来自网上的攻击、抱怨、大量的争吵与威胁，这些负面消息不仅仅来自职业"投饵人"，还来自精神不稳定的用户，以及那些刚刚度过了一个糟糕早晨的人。评论区版主成天都在忍受别人发脾气。这些员工每天的基本工作，就是描述职业倦怠、抑郁焦虑，还有绵绵不断的压力，间或穿插混乱、厌世和冷漠的情绪。

互联网可从来没想过变成这样子。它的初衷是欢迎所有人敞开心扉做自我表达，同时和别人取得联系。互联网存在的目的，是让人们展示真正的自我，换句话说，在匿名的掩护之下，摆脱其他人期待他们成为的样子。互联网旨在让陌生人之间能够坦诚自由地交流。1996年达沃斯论坛上，已故诗人和网络活动家约翰·佩里·巴洛说："我们正在创造一个所有人都能进入的世界，不受种族、经济实力、军事实力，以及出生地所带来的特权或偏见的影响。我们正在创造一个无论何时何地，无论是谁，都可以自由表达信仰的世界，不管这些信仰多么独特，不必担心被迫保持沉默或顺从他人的威胁。"具有讽刺意味的是，互联网并没有真的让我们团结一致，反倒是让我们彼此对抗。

四十九
接待员

"接待员"这个词来自"接待",接待就是接待员所做的工作。这些女人——接待员几乎全都是女人——凭借她们的言行举止和性格气质而被聘用,因为客人到访单位时,第一个会见到的就是她们,所以她们反映了办公场所的理念,或者说价值观。接待员是欢迎外部世界的;她们不仅仅只是接电话(不像未来打电话的人只会收到冷冰冰的语音邮件),还会站在电梯间的前面,着装得体,随时准备着笑脸迎接来访的客人。

有看门人在周围,不仅有用,而且感觉也很好。如果你是登门拜访的客人,接待员会让你知道,有人等着你的到来,还会让你从她们前台上永远满满当当的盘子里拿一粒糖，并且当你多拿了一粒糖的时候，她们会看向另一边，假装没看到。她们还会让你拜访的人知道你到了，并且给你指出洗手间的方向。她们还会给你提供座位。她们还叫得出邮递员、快递小哥，以及单车速递员的名字，和他们打招呼。

而现在的前台已经没有接待员了，只有与手提电脑中的数据库同步的安保系统，与磁卡同步的键盘锁，还有目前正在使用的数字手印平板，可能很快就要换成眼球扫描仪了。上述所有接待仪器都不会和访客说"你好"。由于这些仪器所在的入口处都没有真人了，前台接待处——休息室、沙发、杂志、水——都变得越来越小，甚至已经消失无踪。再也没有人欢迎访客了。

所有中间人，所有那些帮助我们协商与过渡的人，都在消失。诚然，我们并不是完全"需要"这些简短的人际互动。我们也不需要那么多文员、秘书，以及各种各样的帮手。2000年，美国有12.4万家旅行社，10年以后，43%的旅行社都不复存在了。Temi.com、Trint.com，还有其他在线服务都替代了人工转录员的工作，它们利用人工智能誊写录音，这是以前作家和编辑经常干的挣外快的活。

随着这些工种的消失，我们在互动之中渐渐丢掉了"真人"，所谓的人际交往变成了数字交往。由机器人操纵的窗口会弹出来，上面还有人类的名字（是谁决定它们叫张三还是叫李四？），兴高采烈地问我们是否需要帮助，然后当我们说"需要"的时候，这些窗口就不理我们了。谁知道帘幕背后是否有算法呢？想要像以前一样，给1-800-××××打电话，冲倒霉的客服代表发脾气，把这一整周的窝囊气都撒在电话线另一端那个可怜人的身上，变得越来越难了。就算现在还有电话服务器的存在，像Jabber这样的互联网即时通信自动化服务器，根本就不在乎了。如果你发现有人在需要帮助的时候，更喜欢和人工智能对话，而不是和真人对话，那这些人很有可能……不是人类。

五十
私密仪式

只有你的家人和好朋友才会期待和你一起度过节假日，甚至有时候连他们也不屑于和你一起过节。假期——请注意，不是假期聚会，而是真正的仪式，是一件私事；在这样的日子里，举行庆典仪式必然意味着一定的神圣性，从而不足为外人道也。

但是互联网将我们从仪式与家庭界限里解脱了出来，允许所有人加入这些仪式，有时候还会盛装打扮，哪怕这些仪式，从严格意义上来说，并不是属于他们的仪式。在网上传递被程序精心筛选过的逾越节盘子，然后滚动浏览其他人的复活节火腿并且点赞。你还可以庆祝宽扎节，可以欣赏你某个同事身份不明的亲戚所穿戴的傻乎乎的圣诞套装。你还得铭记你兄弟前妻的第二次订婚仪式，因为如果你没记住，那就会显得很奇怪。你还得在Instagram上使用推荐的标签来标记他们的婚礼，让每个人都能感受到这场婚礼的优质品位。

社交媒体帮助我们确定哪些节日对我们而言才是重要的，帮助我们形成一个个社区团体——至少尝试形成类似于《生活多美好》里面那种小镇的生活体验。然而社交媒体的确会剥夺一些曾经被理解为私人时刻的亲密感与非正式感。回想一下吧，你们家庭聚会乱成一团的时候，你吃掉了所有鸡肝，然后在客厅地毯上吐了一地，结果所有人都在上传你吐了的照片。或者你也可以想象一下，一段你祖母葬礼的视频不知道怎么搞的，被公之于众了，相当于现场直播你人生中第一次真实的悲伤案例。除了你最亲密的朋友圈，没人需要知道你那疯狂的哈尔叔叔和他写的感恩节诗歌，也没人需要了解你一直在纠结复活节彩蛋涂什么颜色。点燃蜡烛吧，加入大伙吧，以免网上的你在所有人面前看起来像个小气鬼。

"我们拍张全家福吧！"这句话不再意味着给所有穿着搭配古怪的毛衣的大家伙拍张照，然后专门放进妈妈的家庭相册里，而是意味着这张照片会公之于众。

假期里，曾经只有内部人员才知晓的想法与祷告，如今都向外发散了。你朋友圈里的某人，会让你为他们朋友圈里的某人祷告。社区活动也变成虚拟活动了，我们对于现实社区的定义也越来越趋近于虚拟社区。如果你没有按时去教堂，就在网上参加最近一次的周日弥撒吧；牧师会在后排登记你线上参加了礼拜。欢迎大家的到来，远方的亲戚与未成年的朋友、年迈的阿姨与卧床的爷爷奶奶，欢迎你们参加线上集会，如果不是线上的话，他们大概就不会去了（大概还会松一口气）。也许你会因为参与其中而感到高兴，也许你讨厌必须要接受邀请的感觉。无论如何，你都没有借口不出席。

五十一
留言

　　人们就是喜欢收到消息。真的！一天的工作结束后，你回到家，如果能看到电话应答机上的数字4或6闪着红灯，那感觉就像是得了一张代表胜利的记分卡。如果没收到消息呢？那就凉凉了。"让观众知道这人特失败"的标准电影情景中，披星戴月孤苦无依的女主角，或者举目无亲的男主角，回家以后只有电话应答机惨叫着"你没有留言消息"。机器冰冷宣判的声音听起来更加像是一声轻蔑。

　　然而，并不是所有的留言消息都是好消息。可能是妈妈给你留了言。可能你在听到留言的时候已经太迟了。也可能你不经意间听到了不该听到的留言，比如说你女朋友的秘密情人的留言。过去，书和电影里的整个故事桥段都是围绕着人们听到了不该听到的消息展开；而现在，故事线围绕着接收到的消息、已读消息、误读消息，或者不小心删掉的消息而展开。

　　因为应答机如是守卫着你，录下你自己的留言就变成了一件大事。有些人假装不在乎，有些人则太过在乎，频繁改变自己的留言，这一周疯疯癫癫，下一周则条分缕析，仿佛是在向外界表明你的一点点个性，也就是你可以像换掉一身丑衣服一样，随心所欲地改变自己。

只是现在，没有人会费心改留言了，因为根本就没人会留言。应答机已经不复存在，也没有语音留言了，人们也知道，没人会听语音留言。我们集体遗失了留言代码。当你可以看一眼未接来电清单，然后给对方回复短信时，还值得输入密码去听一条三小时前的留言"回我电话"吗？智能手机上的消息被倒霉的人工智能渲染成了一种无意义的俳句，而手机本身则变成了智能手机当中不智能的那个部分。

好吧，摆脱这一切吧！再也没有你最好的朋友单独在电话那头滔滔不绝地连续说五分钟，听上去他好像就要讲完了，但是当你握着听筒的时候，他突然又冒出来一句"哦，等等，还有一件事我打算告诉你"，你不得不继续听着，生怕错过重要信息。你也不需要倒回三次来确定你没记错他们的电话号码。"语音留言实际上是一种入侵行为，"最近一位小说家朋友在吃午饭的时候告诉我，"给你语音留言的人希望你能坐在那里，听1分40秒他的留言。谁会这么做啊？"

五十二
玩具和游戏

每年玩具反斗城都会举办一次,且仅仅举办一次超级玩具节,一些无比幸运的小孩可以得到商店里的各种玩具,填满整个购物车。丰富多彩的长方形盒子里装着各种操作类游戏、生活类游戏,还有冒险类游戏;一个接一个的毛绒玩具;《星球大战》里所有角色的手办;还有可以把布朗尼烘焙成味道像培乐多橡皮泥的烤箱,但依然让人心向往之。你几乎无法想象赢得玩具奖品的感觉,但光是想象本身,就足以让你对那些不可思议的幸运儿嫉妒得发疯了。

"玩具反斗城一年一度的超级玩具节",连带着一起过节的圣诞长颈鹿家族,永远地离我们而去了,还有玩具反斗城这家商店,以及许许多多的玩具商店,都离我们远去了。孩子们只是向前看了,而大人们,还在为《玩具总动员3》的开场白情不自禁泪流满面的大人们,还没有完全适应孩子们的节奏。如今书店售卖的20世纪美国棋盘游戏怀旧版散发出了一丝绝望的气息,因为父母想要重新夺回"游戏"仍旧是个名词，而不是动词的宁静时光。记住我们吧，重新发行的游戏们，带着怀旧的线索和深深的歉意！它们似乎在召唤着我们。让我们记住在国际象棋锦标赛之外为玩具和游戏腾出来的时间吧；记住放学后邀请朋友玩《饥饿河马》游戏，直到小白球全部弹回到它们那永远遗失的角落里；记住我们在生日派对上收到的大礼包，然后找到的新家；让我们用惊奇点亮孩子们的眼睛，用欢乐填充孩子们的午后。

这样的日子似乎很难重现了。孩子们似乎更加喜欢看其他孩子拆包装——或者用YouTube上的话来说，"开箱"，而不是垂涎或把玩玩具本身（一位澳大利亚的开箱博主，专门拆CKN玩具，每月播放量超过4.6亿次）。玩具也不再是送给别人的礼物。孩子们到9岁或10岁时，不会再带着形形色色的包装箱去生日派对了。取而代之的，是各种各样的信封，里面装着亚马逊、谷歌商店，或者苹果商店的储值礼品卡。还记得那些礼品券吗？那些超大的长方形硬纸，上面是彩色水笔手写的字，你一边看一边希望那是给你的礼物，而不是给过生日的女孩的？你会站在那里，着了迷似的看着售货员的巧手包装好你购买的商品，哪怕就只是一张礼品券，她也会沿着剪刀边缘卷曲丝带，那种手法在家里是不可能做到的。

大多数时候，平板电脑就是玩具，也是游戏。上线同玩（在《我的世界》见面，或者通过Discord沟通）正在取代物理意义上的一同玩耍。

曾经，11岁的孩子会收集棒球卡片来玩"适龄于12岁及以上"的棋盘游戏，现在他们变成了嘲笑所有不"玩"电子游戏的孩子们；这些孩子们想玩父母经常玩的游戏。新版的玩具反斗城变成了给礼品卡链接充值的三位数金额，充值以后他们可以从喜欢的YouTube博主那里购买"商品"，还可以给最爱的游戏升级。仍然喜欢玩实体游戏的成年人，很难让孩子们加入其中。

五十三
地图

人们还没来得及想出办法折叠并收好地图,地图已经不复存在了。诚然,这些地图一旦被印出来,就会马上过时,当高速公路的匝道因为施工而封锁时,地图上也不会显示。然而,当你跨越州界,停在加油站的时候,你能得到的,就是这些地图。你会把地图塞进车里的杂物箱,或者塞进驾驶座侧面那狭窄的凹槽里,随着时间的流逝,这些地图会褪色,会破碎,然后当你在刮风天打开车门时,它们会从侧面凹槽里飞出去。

现在已经很难找到纸质地图了,更不要说为了折叠地图的正确方法而展开争论。根据一项近期调研,只有2%的美国人还在使用纸质地图。哪怕是婴儿潮那一代人,在他们的成长过程中,都曾经让收费站和加油站的操作人员帮助解释晦涩难懂的兰德·麦克纳利[①]地图册,而现在这群人几乎有一半

[①] Rand McNally,美国的一家出版商。——译者注

在超过五年的时间里，都没用过纸质地图了。

曾几何时，孩子们从小学起就被教导如何阅读地图，给地图上色，然后回答有关陆地和首都的选择题。每年的地理课本都会以阅读地图的章节开头。那些地图通常既简单又乏味，不过一份好的地图会激发大家的想象力。只是现在孩子们都会直接用"谷歌地球"了。

五十四
同理心

考虑到我们在线上交流的程度,每个人都有自己的观点要表达,都有自己的声音需要被听到,你会觉得我们所有人都能手牵手站在和平、理解与爱的光辉之巅。哎呀,实际上,人们在线上互动得越多,他们真正听到彼此心声的机会就越少。我们可能会读到其他人的文字,听到他们说了什么,但我们并不理解他们的弦外之音,也许,我们也不理解他们给我们的感受是什么样的。

隔离期间,我们当中许多人都感受到了与世隔绝的压抑感,因为几乎所有人都只能通过上网交流,我们也都只能成为线上的自己,而这种感觉其实是很自然的。当你和其他人在网上互动,而且一直都在网上互动的时候,你会觉得和你交流的人似乎少了点什么。当你们双方没有互相理解的时候，另一个人就一直是处于陌生的他者位置，像平面的纸片人一样，而不是有血有肉的立体人。

话里有话的文字以静默符号的形式出现在小小的屏幕之上时，你听不到话中的语音语调。你看到的东西只是FaceTime①时，你也看不到对方的肢体语言。点赞和收藏，都不如眼神交流、深度对话，以及全身拥抱那般具有同样的情感冲击力。视频通话里的大头像因为与我们没有共享空间，而失去了某些东西，那些失去的东西难以言喻，是我们同处一个物理空间时，与他人哪怕一句话不说，也能产生的某种联结。

哦，当然了。当手送信和名片每天都在19世纪90年代的伦敦会客厅之间转来转去时，误会时常发生；当我们和大学时代的朋友在20世纪90年代煲电话粥时，许许多多情感上的微妙之处也消失了。你看不到电话线另一头的人翻白眼，也不确定对方这次的签名落款写的是"真诚的"，而不是"最真诚的"，有什么含义。不过当人们书写发自内心的长信时，你的确可以感受到他们的字斟句酌，而在煲电话粥的时候，人们也会遵守一定的通话规则。

而在数字空间里，这些信件和电话会怎么样呢？互联网忽略了，或者说破坏了人类的组成元素，比如同理心、深层

---

① 一款视频通话软件。——译者注

次关系、儿童成长、家庭和睦、持续对话、让步与同情心。互联网的产品和服务几乎全是由20多岁的单身男性开发而成的，不管这些人的动机多么单纯，都是基于金钱与权力在开发互联网系统的。各种网络工具和网站所反映的价值观，并没有考虑12岁女孩或75岁老人的优先需求，而人工智能的思想也不是基于他们的想法而建立的（只有12%的顶尖机器学习研究人员，也就是从事人工智能研究的人，是女性）。有些人口统计学信息只是对我们的底线没有价值可言，而人类产生的情绪，并不完全都是为了赚钱。

同理心，还有许多其他作为人类的基本特征（沟通、友情、暴力），都可以被分为两类：现实世界的，还有虚拟世界的，而且这两者往往相互排斥。虚拟的那些特征往往很肤浅，就像虚拟的友情，或者是社会学家所说的"准社会"友情——这种关系纯粹存在于脑海之中，而且往往是单向的，比如，14岁女孩和她最喜欢的YouTube主播之间的友情，前者会给后者发消息，购买她带货的商品，还会对后者产生各种不对称的、没有回应的感情。

尽管虚拟关系可以通过喜好和共鸣让人们团结一致，但也可以通过拉踩和恐惧将人们化为仇敌。社交媒体因为发布抓眼球的帖子而欣欣向荣，尤其是能够抓住人们情感注意力的帖子——这就是所谓的"情感参与度"，而这些情感也包括负面的情感，主要是愤怒与恐惧，但也有悲伤与惊讶，或者用更直接的说法：耸动效应。

人们还倾向于分享能够让他们感觉良好，并且能够巩固他们信念的帖子，这样就可以形成一个永远在互相肯定的闭环——一个备受关注的网络同好小圈子，而不是各种各样探索他人想法，或者告诉其他人应该做什么的帖子。比起闯入别人的情感领土，我们更愿意牢牢稳稳地待在自己的舒适区里。我们反复地巩固自己的偏见，却不愿意去探索偏见的另一面。

在网络世界里，诉说多于倾听，开放式倾听则几乎没有。线上互动更多的是发现人们对谁谁谁生气了，或者对什么事情发脾气了，而不是分享心事和想法。线上互动根本来说就是同理心的反面。在网上，愤怒实现了很好的自洽，而别的情绪则被排除在外。

2010年密歇根大学的一项研究发现，从1979年到2010年，大学生的同理心下降了40%，尤其是互联网时代，也就是2000年到2010年期间，换位思考和共情关切这两项能力下降得最多。你可能没办法用简单的科学研究术语把共情能力的下降与变幻莫测的算法联系在一起，但也很难忽略这二者重合的轨迹。

五十五
亲笔信

谁会丢掉私人信件呢？没人会丢的，除非是一位善良而愤怒的女主人公，在这种情况下，信会被烧掉，至少电影里是这么演的，信纸会被丢进开放式壁炉里，也可能是主人公亲手把信纸点燃，然后一直拿着那封信，直到收信人的手指差一点就被象征愤怒的火焰点燃为止。除此之外，信件都会被整整齐齐地叠回它们原本的信封之中，并且（如果你是一位喜欢收拾的人）塞进标记为"通信"的文件夹里，如果不是文件夹，至少也是鞋盒或者书桌抽屉的底层。明信片的话，可能首先会被贴到冰箱上。

未来的传记作家会不会不再梳理信件，转而梳理脸书订阅号、推特的推文、往来的电子邮件，还有成堆的文本消息来写传记呢？这些作家还有别的选择吗？这些大门敞开的窗口，充斥着各种博客或者成千上万个社交媒体追随者半生不熟的想法，而不仅仅只有一个人的想法，那些推文链接之所以更新，不是为了分享个人的沉思，而是为了追求转发数量，这些更新大概是了解作者本人的感觉与思想的唯一途径，而这种途径本身就是一种贫瘠的想法。

想想那些永远都不会出版的大批大批的信件吧，想想我们都失去了什么。想象一下，我们没有《拉尔夫·埃里森的精选信件》来阐明为什么《隐形人》的作者终其一生也没有写这本书的续作。查尔斯·狄更斯没有把书迷寄来的邮件给到乔治·艾略特，而亨利·詹姆斯与伊迪丝·华顿之间也没有交流。大学图书馆或学术档案库里没有私人论文收藏，家族中也没有从祖父母一直传到孙子辈的信件包裹，这些包裹用丝带捆绑着，是家族传统的一部分。

五十六
老技术

互联网出现之前，每个法国人都用迷你网①。对于法国人来说，这真是一个奇迹，这项创新技术被法国民众普遍接受，但根据法国人的民族性格，他们并不一定欢迎新鲜事物。然而从1982年到2012年，迷你网在法国拥有2000万用户和900万个基站。曾经，拥有迷你网的法国人遥遥领先于硅谷；在万维网出现之前，迷你网基本可以说就是互联网。而且，由于迷你网是法国的产物，法国政府免费给每个家庭分配一个迷你网，迷你网也成了由政府资助的电话连线。法国人无法理解美国人竟然不知道有这套设备，就好像有人不知道奶酪为何物一样，让人匪夷所思。

迷你网是一个迷人的小小号码，既紧凑又干净，但却可以联系上万事万物。你可以用迷你网的键盘打游戏、购物、读新闻报道、和朋友聊天，还能进行银行交易。你还能查阅

---

① 1982年由法国自行建立的国家网络，全称是"数字信息化电话交互媒体"（Médium interactif par numérisation d'information téléphonique）。——译者注

天气、订火车票。你可以查看星座、订外卖，还能赌马。你可以通过各种各样的约会平台找到男朋友，也不可避免地在低俗文本中发现大量交易。很快，职场里对迷你网的使用率呈井喷式上升。尽管迷你网的图像很简陋，但就如同上互联网一样，你很容易在上迷你网的时候忘记时间，当电话账单来临的时候，你就会发现按小时计费的迷你网花了你多少钱。

然而到2012年时，互联网已经具备了迷你网的所有功能，而且比迷你网的功能还多得多。所以法国电信公司取消了这项业务。因此，一个公共的、中立的、管理得当的、普遍通用的模范网络系统终结了，在访问门户或获取信息方面，迷你网对所有人一视同仁，是一项公共运营的基础设施与平台，却可以提供私人服务——换句话说，这种网络运营模式会在法国自然而然地发生，却永远也不会发生在美国。就像现代科技的终结者，互联网无情地抹杀了曾经看似无比先进，却耗尽了实用性或盈利性的技术，让一度感觉上节奏适中的时代进行曲更像是朝着未来高歌猛进的奥运冲刺。

放眼全世界，前互联网时代或互联网时代早期的各种各样失效的技术都被取缔了，每项老技术都有自己独一无二的优缺点，全都随风飘散了，比如说：堆叠在软盘盒里的软盘；CRT显示器[1]；美国在线菜鸟学习工具包[2]；调制解调

---

[1] 阴极射线管显示器。——译者注
[2] America Online starter kits。——译者注

器；寻呼机；传呼机；车载电话；光盘；随身碟。我们很难错过上述大部分东西，不过看到80年代动作片中出现的，像妖怪一样的、笨重的车载电话，几乎总是意味着一个富得流油却又冷酷无情的自大狂（谁会觉得自己重要到会有人给他打车载电话呢？）正从屏幕上呼啸而过，尽管如此，那时的动作片仍旧充满魅力。曾经的DVD光盘，连带着往往很出彩的导演评论与特别收录，与蓝光和CD一起被丢进了垃圾桶，或者充其量就是被装进了专辑的塑料套中，然后被塞进了柜子里。你曾经珍藏的专辑墙、你花了多年时间收藏的音乐合集，每个到你家做客的人都能够通过那面专辑墙知道你是一个怎样的人，这是你的播放列表永远也无法做到的事，但现在，是的，专辑墙和音乐收藏都已经成了一张播放列表。曾经无所不能的台式电脑，曾经把你固定在一个特定办公空间的台式电脑本身已经进入了死亡倒计时。如今，台式电脑原本所在的位置，已经放上了纤薄的便携式笔记本，可以随时从一张办公桌挪到另一张办公桌，也可以轻而易举地被另一台设备及其主人替换掉。

五十七
活在当下

活在当下具有一种强大的力量，尤其是与其他所有人一起活在当下，不管是共同惊叹于一场烟花秀，还是心惊胆战地一起目睹世贸中心起火，抑或在体育场的摇滚音乐会上随着最后的返场歌曲晃晃悠悠。那是一种令人敬畏的感觉，人潮涌动，人与人之间不再有边界，空气中弥漫着人群的嘈嘈切切，大家都沉浸在长长久久的情绪体验之中。当下，你看着身旁的人，彼此交换眼神，说："我知道，你懂的。这样不是很棒吗？"

无论你身在何处，你总有一个现实所在的地方，除了科幻小说或漫画书里面的人物，没有人可以同时出现在多个地方，那是不可能的事情。

然而，当巴黎圣母院于2019年起火时，法国几乎没人驻足停留并现场观看那场火灾，而彼此交换悲伤眼神的时间还没超过几秒钟，就已经忙着上网了。大部分人目睹巴黎圣母院的火灾，基本都是通过手上握着的手机镜头（他们会给熊熊燃烧的火焰与冉冉上升的烟雾录像），又或者，他们的脸朝下倾斜，看着手掌上的手机，滚动浏览其他人的体验，和住在远方的妈妈分享这场火灾，而不是和自己身边的人分享。哪怕是亲临火灾现场的人，也是身在曹营心在汉。

不管是给什么样的聚集人群拍照，都会看到他们以相同的方式凝视着手机，妇女游行也好，碧梨的演唱会也好，都一样，所有人仿佛亲临现场，却又魂不守舍。曾经为了共同体验某件事情而聚在同一现场的人们，现在聚在一起的目的却变成了和不在现场的人一起分享体验。从旁观者的角度来看，最古怪的现象之一，是2021年1月6日，暴徒袭击了国会大厦，而这群人竟然会在施暴中途时不时停下，记录并上网分享他们的经历；未来战场上的士兵会不会也在打仗中途停下来，一边发生伤亡，一边分享伤亡呢？想象一下在第一次世界大战的战壕中自拍的情景吧。

现在不管是一群人，还是一个人，都不可能做到百分百地沉浸其中，因为当你永远都以数字形式在线时，是不可能做到活在当下的。当然，以前总有人在做事的中途停下来，拍张照，至少那些身上有相机的人会这么做。但是现在，我们所有人都会停下来拍照。我们停下来，发消息、发帖子、发短视频、发故事。我们还学会了怎么假装"好厉害"的表情。这就好像我们所有人都在拍所谓"不经意间"的照片，也就是那些仿佛不是为了拍照而摆出姿势的照片，假设你可以接受"不经意的照片"这种概念的话。

把自己的不在场归咎于其他人无穷无尽地给我们发消息，未免太容易了，不过我们并不总是被打扰的一方：我们也会自己打扰自己——我们一直都在打扰自己，哪怕仅仅是飞快的一秒钟时间，哪怕只是我们盯着屏幕看的那么一瞬间，我们都在打扰自己。如果你也在经历拍照—发帖评论—分享这一整套流程，那么你很难活在当下。比如说你外出跑步，你不会迷失于挥汗如雨的淋漓尽致中，不会迷失在风与地平线中，你可以精准地知道自己在哪里，跑了多远，跑了多少步数，以及昨晚肆无忌惮地吃奥利奥之后你已经燃烧了多少卡路里。你已经绑定了Strava①，通过它你可以了解你强有力的竞争对手，也就是你表亲的骑行速度。大约有五分之一的美国人在使用各式各样的健身手环，还有另外14%的美国人佩戴智能手表，只要我们一直佩戴它们，这些设备就会追踪我们的数据。归功于它们，你注意到了自己的运动开始时间、运动进程、运动目标，以及运动结果。不过，你注意到了跑步时路过的树木了吗？

我们尝试通过健身和正念来对抗无法不上网的影响，

---

① 记录运动步数的移动应用。——译者注

我们所有人都迫切地想要重新找回属于自己的思想，哪怕就是一点点也好。学校介绍了各种各样对抗焦虑的方式，包括集体冥想、间歇性呼吸练习，以及整天健身，我们迫切地渴望用这些方法抵消屏幕的喧嚣。难怪成人不让自己的孩子上网，因为他们想要给孩子们灌输那些他们自己已经失去的东西。

五十八
拼写

"**查**字典！"不管这句话是从你小学六年级带教老师的嘴里说出，还是从你大发雷霆的母亲大人嘴里说出，抑或是从你要求严苛的祖父口中说出，从小孩子仰视的角度来看，这都是大人才拥有的发号施令的特权。你曾怀疑过，可能是因为大人们也不知道怎么写那个字，或者说也不知道怎么解释那个词，所以才让你去查字典。"叫你去查字典。"你会屏住呼吸，喃喃自语。

孩子们再也不用忍受这份委屈了，因为在互联网时代学习拼写，就像手里有计算器却偏要坚持自己做算术一样。另外，你还知道如果你在用两个大拇指发消息，并且忽略了自动校对的功能，收你消息的人也会忽略你的拼写错误。我们已经集体决定吞下那些错别字，转而破译拇指代码。人们理解，你用的是Siri或者语音转文字的功能，别人也在用这些功能呢。

在真正重要的场合，比如说学校论文或工作备忘录里，你可以单击右键做拼写校对,以防万一,把整个文本都校对一遍;压根就没有提交带有错别字的期末论文的风险。当你在谷歌办公套件里安装了简易版韦氏大词典,谁还会用厚重的实体版占用书桌空间呢?人们期待已久的《牛津英语词典》第三版将永远不会出版;而那些想要1989年第二版词典的人只能从网上订购二手书。如今的孩子们也不会好奇Roget的父母会不会把他的名字拼错,写成Roger,因为在下拉菜单里,所有近义词都一目了然。毕竟,你该知道什么叫词库吧?

尽管我们对更加正式的用语和语法的掌握程度在逐渐缩小,但却越来越频繁地随意使用新词语、新意义,以及新拼写方式。根据语言学家的研究,各种词汇和表达方式要传播到偏远社区去,更快速的方式是通过网络,而不是通过在某个人们联系紧密的村落里闲聊,也不是通过在食堂里的交谈,因为食堂里的"密文代码"可能仅限于14岁少女们的餐桌之上。人们不必互相认识,就能学会抽搐式用语,并且用创新的方式来表达他们自己,不管这些表达方式是否贴上了标签。

对于习惯用表情符号说话的孩子来说,谈话或小说中平淡无奇的旧词可能会让人感到厌倦。在讲话的时候,是没办法复制表情符号的。当孩子们杂乱无章地把手指往键盘上按来表达破坏、恼怒,或者欢快的情绪时,也没办法复制键盘轰炸。诸如"lol"(laugh out loud,笑出声),"idk"

（I don't know，我不知道），"brb"（be right back，马上回来）这样的首字母缩写比它们代表的全拼口语用词更高效。为了加强语气，添加额外的字母，比如说yesssss（嗯嗯嗯嗯嗯）、heeeyy（嘿嘿嘿）、nooooo（不不不不不）看上去好像是在复制一场真正的演讲，但实际上它们自身就成了一种演讲形式。不用大写字母，表明你满不在乎，表明你很酷。孩子们更加喜欢这种自由自在的表达形式，而不是语言词典里僵硬的教条主义。偶尔试试吧，imho（in my humble opinion，依鄙人之见），你就会准确知道这是什么意思了。

五十九
唱片专辑

曾几何时,欣赏一张全新的唱片专辑是有一整套美好的流程的,不管你买专辑的地方是Tower Records唱片行、Merle's Record Rack唱片行,还是HMV唱片行。买唱片几乎等同于一场虔诚的宗教朝圣,从对唱片封面的崇拜,到用指甲划破包裹唱片的塑封,再到把唱针精准地放到黑胶唱片的边缘。你从头到尾一直听完了A面,才会翻转唱片到B面。你可能还会停下来阅读唱片套上的说明文字和歌词,可能还会去寻找唱片里的隐藏曲目,可能还会去翻阅专辑里的照片,然后把乐队的长相印在脑海里。你等这个乐队的新专辑已经等了好多年,你想在得到新专辑的那一刻尽情享受。

除非你从沙发上起来,把唱针重新定位到下一个凹槽中,否则你不会漏掉任何一首歌,也不会有随机播放,也不会有无形的算法来左右你的下一首曲目。你不会在第一首歌结束之前就跳到下一首歌,也不会有时间条显示说这首歌距离唱完还有48秒。

这些情况都不会发生，你会窝在沙发里，听完整面唱片。如果你是在80年代听唱片，在完整地听过某张唱片好几次以后，你可能会顺便拿出一盒空白磁带来翻录唱片，假设你的设备没有集成立体声的功能，你会祈祷妈妈不要在此时此刻从另外一个房间叫你，破坏掉整个录制过程。

你会拿出你宝贵的专辑收藏系列，制作一张混音磁带，这需要时间和精力来编排一张音乐唱片，而这张唱片将给你的暗恋对象传达以下信息："这就是我的样子，这也是我希望你能看到的我的样子。"送人混音磁带，是一种真诚的求爱行为、奉献行为，或者说友谊行为，而现在，这些行为通通消失了。"所有东西都已经为我编排好了，我不需要再成为一个编曲人，"一位40多岁的音乐发烧友告诉我，"我很伤心。给别人送混音磁带变得如此容易，从而显得毫无意义。"不过还是想象一下吧，想象如今的你还能花时间听12到14首曲目，并且是按照它们原本的顺序来播放的——光做到这一点，就需要非凡的自制力。

六十
猜测天气

天空再也不能带给我们意料之外的晴朗午后了，也再也无法在我们没有带伞的情况下来一场雨天突袭。你不需要看早报，也不需要等22分钟，因为纽约1010 WINS广播电台早就把全世界的天气都告诉我们了。天气对我们而言不再神秘兮兮，晚间新闻的天气预报也不再点石成金，如果你还看晚间新闻的话。你早就知道天气预报员要说什么了。

互联网对天气的预测精准到了每分钟的变化，从滴答小雨到狂风骤雨，根据你所在地的邮政编码，互联网能够预报出后面10天的天气，因此人们每时每刻都对自己当前所在地的气象情况了如指掌。我曾经亲眼见证过，而且是目瞪口呆地见证过——当我的孩子目不转睛地盯着苹果手机天气应用上循环出现的模拟闪电雷暴时，窗外正好是一场暴风雨，还有切实可见、剧烈无比的闪电。甚至于在四面都是玻璃墙的办公室里，人们也是先看手机查询天气，再伸出脖子往窗外看。如果手机上的天气应用程序与我周围的实际天气情况不符，我还会瞪着那款应用发脾气，有一种遭到背叛的感觉。

我们早就知道了住在洛杉矶的公婆家的天气，早就知道了下周要出差的地方的天气，也早就知道了下次度假时的天气会是什么样的。我们无所不知。我们再也没有理由说自己没做好应对坏天气的准备了。如果你没带雨衣，却遭遇了瓢泼大雨，那你谁都不能怪，只能怪自己。

而放学之后，有如赠品般的闲暇时光，也不再有等待，不再有不确定性，不再有饥渴的期盼；下雪天也再也不会引起孩子的惊呼，因为他们早就在下雪日计算器的应用程序上了解了每一个下雪天到来的日子，还整夜整夜地给朋友发消息互相分享，而学校当晚发的邮件更加让他们确信下雪日极有可能到来。暴风天的消息从早上5点开始送达（为什么呢？！），学校会发短信、发邮件、发语音留言给你的手机，如果你蠢得还有一部座机，那它也会在这个可以睡懒觉的工作日吵醒所有人。这时候唯一不确定的，是上班时间会往后延迟两个小时呢，还是会全天取消上班。

六十一
睡前阅读

有些脑子一根筋的人，还是坚持睡前阅读，哪怕在睡着之前，就读那么一两页。我们知道如何把枕头撑高一点，再把书抬到适当的高度，这样床头灯的光就能笼罩住整个书页。有时候我们想要就这样躺好几个小时，一切都刚刚好。当你在凌晨4点醒来，又需要尽快睡着时，在床头柜上摆一本特别容易让人犯困的书，或者晦涩难懂的书，是很有用的，这时要轻轻调暗床头灯的光线，避免照到和你一起睡的人。

然而外面的世界把我们这种坚持睡前阅读的人标记为了濒危物种。时髦的酒店已经淘汰了床头灯，就算还有床头灯，也只是为了装饰，不是为了照明。那暗淡的光线局限于桌子上，位置特殊，根本无法照亮书本的页面。这种灯底座带插孔，真正目的是给设备充电，而不是照亮书页，毕竟平板自带发光功能，根本不需要额外的灯光照耀。看平板的时候，中老年的远视眼不需要焦虑地眯起来去看太小的字体。也不会有丈夫大声翻书的声音，吵到同床共枕的太太；读者们都在静静地滚动浏览屏幕。电子世界的阅读都是静谧无声的。

人们也不会偷偷地在一天快要结束的时候阅读纸质书。浴室里也不再藏有精装书；你可以怪平板电脑，是它让上厕所的时间长得不可思议。人们也不会习惯性地把纸质书塞进包里。睡前刷屏已经代替了睡前阅读。孩子们不会在被窝里藏着手电筒看书；他们只会在被窝里玩手机。人们甚至都不会在床旁准备手电筒了，因为手机自带发光功能。如果停电了，大家会惊慌失措地跑来跑去，好奇所有手电筒都到哪去了。

六十二
紧急通话

有时候，对方正忙的电话状态比没接你的电话更糟糕，当然这取决于你的年纪，取决于你缺乏安全感的程度，取决于你是否有事情要说，又或者你是否需要知晓某些事情。你可能是从一个到处都是小便的公用电话亭里打过去的，你还在口袋里四处摸索零钱，虽然按了硬币找零按钮，但无可避免的，那个功能并不稳定，你每把三个硬币戳进那贪得无厌的旋转式凹槽，势必就有一个硬币要被机器吞没。然后你就会打电话给公用电话亭的工作人员，要求把那个误吞的25美分吐出来，你也可能问过路的陌生人，看他们有没有零钱，同时无视站在你身后大声叹气的、等着下一个用电话的人。你困在了电话亭里，盯着带有毛糙涂鸦的玻璃，盯着到处张贴的脏兮兮的广告纸，盯着系在电话架下面的发霉黄页。昨天晚上是不是有人吐了？无所谓啦，你只是想要拨通电话而已。

那是因为对方正忙的信号意味着他正在和别人通话，而不是和你通话。如果你是一名青少年,那就意味着——在你疑神疑鬼的脑海里——对方谈话的内容一定是关于你的。为了确认这些担忧,你可以尝试给所有可能在和你想要打电话的那个人通电话的人,看看对方是不是也同样正忙,传递着同样不吉利的信号。也许只是你妈妈在喋喋不休呢?不,不是这样的,一定是你的两个朋友在通话,而且他们还在做一场把你排除在外的计划。你会再次拨打这两个人的电话,在旋转式拨号盘上把七个数字全都转一遍,还有那惹人烦的8和9。对方仍然正在忙线中!

这种情形需要的,是最强有力、最危险的通信手段,也就是紧急通话。在呼叫等待功能发明之前,你可以通过紧急通话联系上正在和其他人通话的朋友。只要你支付高昂的费用,就可以打电话给接线员,要求她打断别人正在进行的通话,并要求双方挂掉电话——通常出现这种情况都是因为路上发生了车祸,或者有人受伤了——而你则可以把如此关键的信息传递出去,拯救生命。

不过你也可以拨打紧急电话来拯救你的社交生活,当然迈出这一步是很走极端的,从你的角度来说,冒了传递饥渴情绪的风险。突然之间,一场正在进行的私人通话中插入了接线员的声音:"你有来自莉莎的紧急呼叫电话。你可以挂掉当前的电话吗?"拒绝挂掉电话就是对别人的满不在乎,在今天看来,近似于十分不友好地屏蔽对方,或者对别人抱有恶劣的社交态度。但是通常人们都会挂掉他们当前的电话，哪怕仅仅是好奇为什么突然会有紧急电话打进来。然后打紧急电话过来的人就会自圆其说，编造一些借口，把罪责归到其他倒霉人身上。有些孩子的父母在收到电话账单的时候不会拿放大镜仔细瞧，这些孩子理所当然地学会了滥用紧急通话功能。

　　青少年们还可以运用另一种电话策略，这种策略太可怕了，像魔鬼一样，只有八年级学生才想得出来，那就是利用电话会议技术的漏洞，同时给两个人打电话，并且保持通话状态，然后双方都会以为是对方打过来的。你小心翼翼地谋划这一切，选取两个人做你的受害人，将痛苦和尴尬最大化。其中一方可以是数学课上从不讲话的姑娘；另一方则可以是整个年级里的级草。你还可以把和你关系闹僵了的女孩与她单相思的对象凑成一对。见鬼了，只要你愿意，你可以对任意两个孩子做这种带有羞辱性质的事情。然后当你和朋友们在听双方尴尬的谈话时，你会盖住听筒，捂住笑声。在互联网到来之前，青少年们早就知道该怎样通过技术折磨彼此了。

六十三
注意力时长

"不好意思,你刚刚说了什么?"

"我在听,稍微等一秒哈。"

"过去这一个小时里,我都不知道自己干啥了。"

"我刚刚在查什么来着?"

"不不不,我听到你的话了。我发誓。你只需要重复一下最后那部分。"

"不好意思,你刚刚在讲什么?"

六十四
露营

你的父母完全不知道你究竟是喜欢露营，还是讨厌露营，不过这都不重要了。露营的时候，你的帐篷就是一个无父母区。你可以吃可可泡芙当早餐。你可能是一个倒霉孩子，睡在了对谁来说都短了一截的低矮帆布床上，也可能是跟着卑鄙可耻的男孩队辅导员一起出去闲逛的那个女孩。没人知道你是不是去上了你答应要去的游泳课。

你要是在信件里没提，你父母根本对营地的事一无所知，而那封信还是你在强制要求的信件书写时间里匆匆忙忙写成的。即使你的父母是那种会定期寄包裹或每天写信的类型，他们也总是走的普通邮递，无法满足你当下的情感需求，也没法询问你到底昨天晚上干吗去了。好也好，坏也好，参加营地活动意味着消失不见。

不过现在父母啥都知道了。他们会看营地活动的脸书主页和每日博客，还会在CampInTouch或Bunk1①上滚动浏览当

---
① 二者均为专为露营者设计的社交网站。——译者注

日的照片，使用面部识别技术精准定位才艺表演者里自己的孩子。他们会阅读辅导员每周发送的邮件，这些邮件详细讲述了业余爱好日和比萨之夜的来龙去脉。无人机视频记录了露营者在这片土地上嬉戏的画面，而身为工作人员的摄像师则在源源不断地输出信号。

所有这一切都在让父母全天候地监控着孩子们，而孩子们本来应该尝试着"独立"生活的。妈妈可以给辅导员主任发信息，可以给孩子发邮件，如果孩子们不回邮件，妈妈还可以给营地老板发邮件。营地甚至允许孩子们带手机上床睡觉，这样父母就能和孩子说晚安，基本上就是各种秀甜蜜了。还有些父母不想了解孩子露营的情况，不想担忧孩子们，也不想在那为数不多的几个幸福的星期里思考有关孩子的事情，也总有一个选项，那就是"只要登录"即可。哪怕只是登录，什么也不做，他们可能也会发现，当他们的孩子有一张令人印象深刻的荡秋千的照片出现在网页上时，很难不去点击看看。

一些夏令营试图抵御这种新的集体分离，并保持一个老派的没有父母的夏天，但这是一场艰苦的战斗。2011年，十分之一的营地允许孩子使用电子设备，而仅仅两年之后，这个数量变成了三倍。孩子们经常偷偷摸摸带手机进入明令禁止携带手机的营地之中，通常都是因为父母要求孩子们带手机，因为他们不希望和自己的孩子失去联系。营地主管们学会了在孩子们无法回应父母，或者说选择不回应父母的时候，应对来自家长的投诉。一些营地会扫描孩子们的手写信件并以PDF格式发送电子邮件给父母，当作是对家长的安抚。当孩子们回家以后，他们没必要对全家所有人再讲述一遍马戏班与玻璃弹珠游戏的故事。当他们在上那些课、玩那些游戏的时候，父母全程在线。

六十五
请回复

有关邀请函这件事,无论你是发邀请函出去,还是收到邀请函,在过去都是一件大事,而之所以是大事,有一部分原因在于邀请函本身。那折叠成长方形的有质感的纸,具备太多的潜力,字里行间填满了被邀请人的姓名。

你去文具店挑选生日请柬,是选"星球大战"主题的请柬,还是"小马宝莉"主题的请柬,是一件令人兴奋的事情,就像你数生日蛋糕上的蜡烛,是庆祝生日的第一步。也许那个生日是你的成人礼,或者是你的16岁花季,你会提前六周就预订特制的生日邀请函,在象牙色和白色之间纠结,然后选择翠蓝色的墨水来书写邀请函。

一旦舔合了信封,投递了邮筒,等待就开始了。"今天有人回复吗?"你会问妈妈,在脑海中预想会参加你生日派对的朋友们,并且计算你会收到的礼物数量。如果你比较讲究,还会在请柬里附上可爱的"收到请回复"小卡片,然后你会在回复截止日期的那一天收到一连串这样的回复小卡片。这种期待的心情,偶尔也会被失望冲淡,有时候就像你要参加一场带竞争性质的派对,或者像酷小孩后悔了那样,会耗费你好几个礼拜的情绪能量。

而如今的邀请函已经成了无纸化的帖子或者电子邀请函,考虑到人们的漫不经心,尊重回复纯属自愿的原则,你可能根本就不会费事去设置回复截止日期。为什么没人愿意再做出承诺呢?"我可能来,也可能不来"似乎已经成了人们对待邀请的初始状态,无论邀请活动是生日派对,还是周三下午2点的Zoom工作打卡会议。那些还在要求"收到请回复"的人似乎用力过猛。

当邀请和回复都只涉及轻按键盘时,人们冒的风险是不是看上去变低了?当你可以看到有多少其他人也被邀请在列时,你是不是觉得自己没那么重要了?电子贺卡可能被归入垃圾邮件。也许是懒惰使然,也许是例行公事,不过电子请柬可能会落入你的收件箱,随着鼠标滚动被忽略掉。人们就是不回复。

不久之前,压根不回复的想法,更别提推迟回复,会遭受强烈的谴责,代表着刻骨铭心的粗鲁。我真是这个意思,我们的要求非常清晰:RSVP代表的就是"répondez s'il vous plaît"——"请回复",而且这个说法很礼貌。根据礼仪专家艾米莉·博斯特的说法,RSVP这个代号"已经存在很长时间了,它传递给你的信息是,主人想知道你是否会出席他邀请你的活动。他希望你能迅速回复,比如说收到邀请函一两天之内就回复，最迟不要超过'收到请回复'的截止日期，如果有的话"。就什么时机，以什么理由，把答应出席变成不答应出席（比如说死亡、重病之类的），或者把不答应出席变成答应出席（无论如何都不能够破坏主人的计划），博斯特女士给了清晰的指示。她还提到，最重要的是，不出席是"不可接受的"。而如今，不出席成了常态。

2019年，我收到了一封平邮信，里面是一张精美的质地厚重的请柬，还附了一张"收到请回复"的小卡片，如果你选择不邮寄这张卡片回去，上面还写了一串电话号码供你打电话过去。令人震惊的是，那上面竟然没写电子信箱的地址。我的第一反应是："好复古，好特殊啊；太可爱了！"但紧接着我就想："真麻烦。"这种做事风格很迷人，但也很费时间。

六十六
教科书

20世纪90年代,人们对书包尤为在意。竞争激烈的各个学校会布置如山堆般的作业给千禧一代的孩子们,而孩子们的书包相应地变得更大也更复杂了。《纽约时报》上的一篇文章警告说:"沉重的书包会给孩子带来慢性背痛。"美国消费品安全委员会曾经做过计算,每天上下学背着大约5.5公斤重的书包,并且提起书包10次,在一个学年的时间里,带给孩子的累计负载是97976公斤,相当于6台汽车的重量。情况类似的国家,比如西班牙和意大利,也敲响了相应的警钟。

学校敦促家长检查书包,以确保孩子不会携带非必要的物品。还有固定在书包上的额外肩带,用来分担孩子们那脆弱躯干上承载的重量。后来还引入了以空乘行李箱为原型的滚轮背包,以防止孩子们纤弱的背部不堪重负。噢,拖着一个滚轮背包在你屁股后面的感觉真是羞耻啊。

之后,负重的确减轻了。奥巴马当政时期,美国教育部敦促各学校在2017年前全部采用数字化教材。因此,学校停止采购纸质教材,升级成了毫无重量的数字教材。开学第一天发教材的时候,如果你足够幸运,就能得到一本崭新得发亮的书,甚至还是最新版,不过你要是没那么好运,你得到的可能就是去年别人用过的旧书,而你只能把自己的名字写在封面内页别人名字的下面,而这些时刻,全都已经成了过去时。你不会再为哪位学长学姐之前用过你的教材感到兴奋或恼怒了。你也不会花时间破译前人的涂鸦来寻找有关教材前任主人的蛛丝马迹。学校告诉高中生,他们不能把为数不多的还剩下的纸质教材带回家,如果真有需求,可以在老师的允许下,在课堂上翻阅它们。

鉴于高科技教材能够陪伴孩子们从中学一路读到大学,他们为什么还想要读纸质教材呢?线上的新教材成本低廉,对所有人都开放获取,还通过亚马逊、巴诺网上书店以及其他在线书商出租,这样算下来,电子书比价格高昂的精装书便宜多了。仍然便宜的是大量普及的盗版书,而孩子们无论如何也不会觉得这些书是偷来的,因为见鬼了,那些盗版书是学校印发的。

2019年《纽约时报》上的一篇社论里提到,有位大学教授悲叹他的学生里,没有一个可以找到他提供的参考文献所对应的页码,因为学生们用的都是盗版书。当他和学生对质的时候,他解释说这种行为实际上是在偷窃作者和出版人的成果,而学生却觉得很困惑。学生们从来没听说过反盗版的警告言论，从来不知道盗版书、盗版电影、盗版音乐和盗版电视节目等都是在偷作者和艺术家的钱。四分之一的大学生承认自己下载过免费的盗版教材，或者认识下载盗版书的人。在美国，2007—2008学年，每个学生平均花费在大学教材上的钱是701美元，而这项费用10年后降低到了484美元。在大学教育的方方面面中，只有教材的价格是往下走的。

由于学生们注意到了教材的价值多么低廉，现在的学生很少会买教材了，哪怕这是规定要执行的任务。一位教授告诉我："越来越多的学生拒绝购买教材（这学期超过一半的学生都拒绝购买教材），这严重影响了利用教材开展课堂讨论。"学生也不再阅读教材中指定阅读的章节，而是会偶尔有针对性地搜索关键段落，根据期中考试的需求收集零零散散的信息。而在其他课堂中，学生们会拖着不买教材，直到他们能判断自己是否真的"需要"教材。

对于偏好纸质书的学生来说——确实有这么一帮学生的存在——更新版的教材变得越来越难找，而且也更贵了。实际上，大多数人——包括青少年在内——都更喜欢阅读纸质书而不是电子书。印刷术作为一种久经考验、历史悠久的技术，的确有其优点所在：纸质书不会卡住不动、不会自动关机，也不会下载失败。人们更容易在读纸质书时跟上叙事主线，在阅读复杂的材料时，也更容易跟上行文结构。读电子书时，读者更容易略读和跳读，随时随地可能滑动、点击，或者只是迅速地从一个窗口跳到另一个窗口。他们会使用键盘上Ctrl+F的搜索功能寻找考试中会出现的关键词，而不是阅读四大段文献。根据一项针对千禧一代读者的调研，读者在面对着屏幕和纸张阅读时，都可能会同时处理多次任务，但前者的人数90%，远远多于后者的1%（只有9%的读者无论如何都不会进行多项任务，这对于我们作者来说，真是一个低得令人刻骨铭心的数据啊）。想一想吧，你一边看电视节目，一边尝试读书；还有一种情况，就是你一边通过手机阅读，一边看电视节目。当你在看一场已经看过12遍的无聊的电视节目开场白时，对着屏幕阅读线上故事，比扎进一部纸质小说中要容易一些。

在线阅读时，吸取的内容比读纸质书更少，这并不奇怪，而且原因不仅仅是因为你会略读。读纸质书时，读者通常会根据内容的排版来记忆书中的成分——比如说一章的开头、副标题附近的文字、页脚的文字、缩进式对话。对于具有视觉思维的人来说，这种精神图像对于将所阅读的材料整合进记忆里是尤为有用的。你是依靠页面的"地理环境"在阅读。

然而教材市场面临的紧迫性和必要性无法帮助你再进行上述阅读了。所以，你可以向那甜蜜的崭新教材散发出的香味说再见，向那令人满意的装订线和有意为之的边角折页说再见，向开课前在大学书店里的购物说再见。你可以把大学教材好好存留到你30多岁，哪怕你再也不会翻看它们，但它们却出现在你的视野中，让你回想起大学时光。但未来的书架上，不会再展示学生的过去了。

六十七
假期

噢，那是很久以前的事了——至少感觉上已经过去很久了——曾几何时，人们总能拥有假期。所谓的假期，就是没有工作、没有电话、没有短信的日子。在假期里，你可以把家庭琐事、工作任务、责任义务通通抛诸脑后。当你度假归来，那感觉就像是从一个遥远的星球重归地球。你同事想知道你到底去了哪里，你朋友想知道你的假期过得如何，你父母想知道你是不是安全到家了。你也很想听大家说说在你度假期间，都错过了什么。

如果你曾经有过假期，那一定是几十年前的事。我最后一次线下的度假，也可以说是我的最后一次度假，是2001年1月穿越西西里岛的单车旅行。那时的我没有手机，而那时不带手机的我已经开始被别人视作有怪癖了。整整三周，没人从我这里听到手机的滴滴声，也没人能找到我。

那种整整三周放下所有事情的感觉，我现在再也找不回了。我不可能不去瞄一眼邮件，哪怕只是清除掉像一群果蝇一样黑压压一片的易删邮件，然后看一眼带有紧急标志，像定时炸弹一样的重要邮件，这样你就知道当你回去上班时，这些邮件不会在你面前爆炸——光是想到这件事，就足以毁掉假期本身。如果你不去做这些维护收件箱的琐事——而且这些琐事只会花费几秒钟时间！——那么这都不像是度假了。当然你还要读短信！你并不是真的在工作，你这么告诉自己。然而，你也没有在度假。

我们懂的。根据2016年的一项调研，将近三分之二的美国人认为定期"拔掉电源"，或采取"数字排毒"对于精神健康而言非常重要。但是只有28%的人会说到做到。我们在度假的时候，拔掉电源的次数更少了，因为你理所当然地要上传照片，看看是不是所有人都喜欢你的日落鸡尾酒。等你回家才和其他人联系，等过几周再邀请朋友观看幻灯片的感觉，就好像是要他们欣赏广播剧，或者要他们听留声机上的唱片。

六十八

记事本

2019年1月10日,作为一个偏好使用纸质版的人,遇上了一件从未遇到过的事:我丢失了自己的记事本,那是一个莱文佳牌的本子,我之前还用过斐莱仕牌和日间跑步者牌,最终还是选择了莱文佳记事本。我非常确切地知道自己遗失这款记事本的地点和过程,我把这个本子从一个手提包里转移到另一个手提包里,另外还有一个补充记事本,是魔力斯奇那牌的本子,我会在上面记录自己的日常事务。那些本子原本好端端地在那里,然后就不见了。

随着本子一起丢掉的,还有我全部的议程安排——是我那天要做的所有事、所有的会议、午餐,以及下班后去喝一杯的邀约。我记得那天要做的大部分事项,因为我曾经浏览过一遍记事本上的内容,这是我每天早上和记事本分道扬镳之前都要做的事情。然而,第二天我的大脑近乎空白。接下来的一周,我都不知道自己该干吗。我以前几乎每天的午餐都是计划好了的;我只是不知道该和谁吃午餐,或者在哪里吃午餐。还有一些我需要参加的会议,其中有一些还是我自己发起的会议。我依稀记得我的其中一个孩子要从夏令营回来了,但就是不记得具体哪天。倒吸一口气,我想到自己还有两封信没寄出去,是给我的两个孩子的,我把它们装在了本子上一个塑料口袋里,还有我儿子的配镜处方单,几张重要的谈话笔记,几项随手记事。现在这些东西全都丢了。

当然,这种令人遗憾的情况也是有解决方案的,而且很多人也接受了这种解决方案:那就是使用谷歌日历、微软的Outlook软件,或者其他电子私人信息管理系统(只要各行各业熟悉它们的使用方法即可)。你可以实时更新自己的日程。你可以和伴侣分享购物清单。你可以同步并且无缝整合私生活安排与工作安排。每个人都知道你在哪,也知道你将会去哪,知道你什么时候有空,什么时候没空。换句话说,你所谓的私生活,已经不是严格意义上的私生活了。

我是什么样一个人呢?我更喜欢过一种会错过上千次约会的生活。只有在新冠疫情期间,我才会用谷歌发送必要的邀请,才会登录Zoom参加提前安排好的会议。所有这一切都加倍地融入了我的记事本里,这是我新买的记事本。

当然,我立刻去买了一个新的记事本,网上买的。很少有零售店卖这种东西了。2020年,大型连锁店Papyrus破产了。Mom-and-Pop文具店也一样关门大吉。斐莱仕新开的珠宝盒店,藏身于像巴黎的弗兰克斯–布尔乔亚街这样的高档零售区里,也同样倒闭了,而其位于第五大道这样的高端百货商店中的分店也关闭了。

英国品牌斐莱仕（Filofax，名字源于"file of facts"，即"事实档案"），创立于1921年，并于1987年被《泰晤士报》描述为"一场非凡的商业传奇"，因为它的纸卖30美元一张，而平平无奇的皮革则能卖出160美元一张的零售价。早在雅皮士出现的时候，斐莱仕就被戏称为"雅皮士手册"。在该品牌的巅峰时期，日本的骨灰粉创建了《斐莱仕手册》来帮助新加入的粉丝适应环境。拥有一本斐莱仕意味着你已经成为一个具有一定成熟度的成年人了。你可以去以前去不了的地方了。

回到纸质时代，人们必须拥有格式不一的各种打印版日历。1981年，每家每户平均拥有4本日历。大多数厨房都在记事板上贴有挂历（根据某项研究，75%的厨房都有）。孩子们在圣诞节会收到新日历，还会根据他们对小狗或《星际迷航》的喜爱程度来装饰。每日一页的日历可以让你根据收日历人的喜好来装填东西。办公室里，巨大的台历覆盖着忙忙碌碌的木质办公桌，而海报或泳装日历则漫不经心地提醒着人们职业厌女症的存在。

我们大部分的社交生活和职业生活，都取决于我们用什么样的系统来创建它们。谷歌日历可以分享给配偶、孩子、保姆，以及整个大家族。每个人，从字面意义上来讲，都在同一个页面上。没有人可以"忘记"他们理应在晚上6点回家吃饭。双方都有可以更新的联动监护日历记录。妈妈连田径运动会推迟了都知道。

电子日历用户（"正常人"，这是我丈夫对他们的称谓）可能会对他们的纸质前辈不屑一顾。不过让我们暂时注意一下吧，看看纸张曾经为我们带来了什么：在纸上，你可以用自己满意的方式划掉你已经做完的事项，这种感觉是点击删除按钮不能带给你的。在纸上，会议不会在不期而遇的情况下"消失"或者"挪到"另外一周，而不经过其他人的同意。在纸上，你可以粘贴便利贴，给每天的任务清单上加码，然后当这天的任务完成之后，再把便利贴撕掉。你可以在同一套系统里执行多项任务，利用纸的背面记录地址、长期目标、老旧涂鸦，以及零星的笔记。过去的年度插页可以看作是立体的日记，而存储于硬盘驱动器凹槽里的相似日记感觉上的确没那么真实，也没那么像是你自己的日记。

尽管有上述种种优点，纸质日历和纸质日历用户们被下了通牒。那些不常在共享日历上更新的人，会让人起疑心。纸张已经被挂在了回形针上。

六十九
眼神交流

  走进人群聚集的地方,没人抬头看你。当你可以看出人们很高兴看到你,或者一位老朋友看到了你时,你不会有那种光彩照人的欣喜感。当你一整天都心情不错的时候,当你发现有一个潇洒的陌生人盯着你看了很久,而那可能只是撩拨时,你不会得到即时反馈。

  取而代之的是,每个人的目光都执着地往下看着。他们在看手机、看手提电脑、看各种包含了他们想看的内容的电子设备。周围的所有活动恐怕都不值得他们抬眼一看。地铁站、在地铁上、从地铁走到办公室的路上、在电梯里、在这一天剩余时光的办公桌上,我们一直盯着自己的屏幕。整个骑行的过程、步行的过程、吃饭的过程中,没人和其他人用眼神交流，而那些爆发在共享空间里的笑声和喃喃自语是针对屏幕的反应，不是对实际存在的人类的反应。

我们走在街上时，注意力却在别处。我们的头发下面藏着无线耳机，耳朵听着里面的音乐；没和陌生人四目相对，也没有和熟人眼神交流，因为我们在"打路"（一边打字一边走路；没错，这是个新词）。我们听不到陌生人吹口哨或喝倒彩，也听不到路过的熟人对我们说"在这儿呢！"。"打路"既不简单，也不安全，然而我一直都是边走路边发信息的，而且还对此心安理得。像檀香山这样的城市是禁止走路时开小差的，因为这显然不安全。2018年，行人死亡率达到了28年以来的峰值。如果我们"打路"时没有不幸死亡，那也会被送去做理疗。

我们可能早就做过理疗了，目的是解决我们每个人都在患上的颈椎病；医生担心我们低头看手机的习惯会影响青少年期的发育、影响终身姿势、影响晚年的颈背部健康。总有一天，会有整整一代严重弯腰驼背的老年人，无视天际线，蹒跚而行，"打路"去看脊椎医生。

基本只有在FaceTime视频、Zoom和谷歌会议上，我们才会通过屏幕，和别人进行持久的眼神交流。我们只有保持着网络会议的安全距离，才会直视他人的眼睛，至少看上去是直视的。你也知道，视频另一端的人还打开了其他窗口，同时看着别的东西。

七十
独立做作业

不要抄袭同桌的作业。自己想。相信你自己的观点。培养出你自己的风格。这是你上学时会做的事,除非你被迫加入一些年度小组项目,这种项目很可怕,因为总有人偷懒,也总有一个孩子会坚持让其他所有人都跟着他的想法走。否则,你会在作业封面写上自己的名字,因为学校这个地方,就是要教会孩子们尊重自己的独特贡献、尊重自己的劳动果实和独立学习的能力。由此取得的成绩,要么都归功于你,要么都归咎于你。

然而独立做作业并不是21世纪的风格,而且在一个高科技领衔的高中,无论在什么情况下,都不可能看出来是谁写了英语论文、谁做了科学作业,谁又真的在带回家做的几何试卷上考了92分。大多数作业都是在谷歌共享文档上做的,许多孩子做作业的同时,都通过手机保持和他人的联系,互相通过短消息发答案。这种现象基于的理论是——互联网产品和互联网服务可以帮助孩子们学习职场中的宝贵技能:团队合作。同时，这些产品和服务弱化了另外一些技能，而这种弱化可能会把诸如谷歌这样的高科技公司拖下水，比如说专著权（该死的版权和版税）。

我们别自欺欺人了：合作的感觉很美好，但就像大多数学生知道的那样，合作往往意味着舞弊。小组项目的真实情况是怎么样的呢？那不过是掩盖了小组里受欢迎的孩子啥也没做的事实。共享答案，循环利用几年前的旧项目，然后做一定的修改，逃过查重程序的检查，要做到这些，通常都需要团队的努力。

与同龄人合作也意味着持续朝着达成共识的方向前进，这一点，不可否认，有其优势。但与此同时，可能冒险、可能不合群、可能特立独行的想法在见光之前，或许就被带着警惕目光的朋友、同学，以及同事毙掉了。如果大家都同意了某个离经叛道的想法，那感觉可危险了。私人作文、论文，或者只是你的碎片想法，你第一时间分享的，不是老师，而是同学。这意味着你要考虑的问题，不仅仅是自己的想法，还包括别人会怎么想你的想法。这就吓人了。当你走向职场，诸如此类的情况会更多，曾经密封的文件如今保存在了硬盘驱动器上，可能列出了私人版本，可能包含一个刻薄的提议，在公开的服务器上共享给了所有同事，要经过每个人的审核与同意，直到你做出一些让步与无声的妥协，直到你的提议变得更为缓和。无论如何，提出异议都变得非常困难，尤其是在互联网时代中，人们更难理解和珍惜所谓的独立思考了。

七十一
杂志

曾经有一段时间,就是不久以前,人们热爱杂志,绝对真心地喜爱杂志,甘之如饴,将阅读杂志视为一种爱好,一种习惯,一种无论从私人层面、社交层面、文化层面还是职业层面来看,都非常必要的行为。人们心心念念地想要看封面上的人物是谁,或者看封面上有什么内容,想要看那些华丽的照片和原创插图,不耐烦地翻过一页又一页的广告,直到看到目录。杂志像小说一样厚,美味诱人;它们填满了信箱,充满了令人垂涎的东西。你可以买一堆杂志,来打发长途飞行的时光。你可以在理发店里拿到免费的杂志,然后在尤为漫长的染发过程里读完整整一堆。

九月刊是最有价值的,充斥着本国顶级作家和著名编辑的年度最佳故事,无休止的广告页面证明了这一点,其中一些广告令人眼花缭乱。你故意缓慢地走过装点了各个城市街区与机场大门的报刊亭,还会伸长脖子去看本周故事。高中的我会在上西区打转,寻觅最新的新闻。79街地铁附近的报刊亭，就是拉巴超市的南边，总会有最新版的《名利场》，它是每个月第一本出现的亮光纸杂志，其他杂志陆续整整齐齐地摆在它旁边：《千金小姐》和《魅力》，然后是《时尚芭莎》《ELLE世界时装之苑》《悦己SELF》、《时尚》，最后出场的是《Vogue服饰与美容》杂志，因为人们愿意为这本杂志而等待。周刊也会以我熟悉的方式排成一列：周一是《时代周刊》和《新闻周刊》，还有《纽约客》以及《纽约杂志》同台竞艳的时候；周五则是高端的《经济学人》与低俗的《美国周刊》杂志一决雌雄之时。而周一和周五之间，还有《大西洋月刊》《采访》《首映》《纸》《间谍》《时尚芭莎》《智族》《滚石》以及《乔治》。我全部读完后，会把其中最好的杂志保存进书桌上方的杂志文件夹里。

  杂志伴随着我们每一个人的成长，而我们每个人成长的方式又都不一样。当我们在信箱收到写着自己名字的新杂志《少年生活》《蟋蟀王国》，或者《年轻小姐》时，我们对自己感到相当满意，还会觉得自己变成熟了；这之后，我们进一步成长，开始看《疯狂杂志》《17》《国家地理》。我们把那些杂志读了又读，与朋友分享，然后才会小心翼翼地拿剪刀裁下页面上的插图，有时候裁下的是剪影，将它们贴在卧室墙上。想要了解一个12岁的孩子，很好的一种方式就是扫一眼她房间里的各种杂志海报。是《虎派》杂志上剪下来的拉尔夫·马基奥努起的嘴唇吗？还是忧郁的西蒙·勒邦？是金属乐队的照片吗？还是纽约游骑兵冰球队的比赛抓拍？抑或是健身杂志里的肌肉男照片？

90年代我在时代集团工作，迄今为止我感觉最大的福利就是能源源不断阅读免费的期刊。每天都有一辆手推车滚来滚去，给所有员工分发页数众多的《时代》《财富》《娱乐周刊》《优家画报》。而每周五下午，当《人物》来了之后，所有办公室的门都砰的一声关上，因为所有人都去看明星版块了。

你可以花一整个下午阅读一期刊物。我和朋友阿丽莎在搭汽车从纽约去卡兹奇山的整个路上，可以细细解析单本《娱乐周刊》上传奇的《宋飞正传》剧情指南。我们会做好标记，圈出想看的剧集，然后对着已经看过的剧集哈哈大笑。这真是给读者提供了意想不到的研究服务，不然压根没别的地方找到那么多信息——谁能想到呢？以前专门有人收取酬劳，把这些事整合到一起。而现在，这些信息的收集是通过几十个网站完成的，也可能有上百个网站，只要敲一下键盘，就可以获取我们想要的信息。我们通过网络搜索出的结果可能比《娱乐周刊》的版本还要翔实，还会充满着我从来不会想到的观点，只是我永远也不会有动力去查看其中的任何一个观点。现在不一样了，没有沉浸其中去品味特刊的经历，而以前所有的信息都是精心挑选出的，包含在两张亮闪闪的封皮之间。

七十二
礼貌地询问

询问的时候,要说"请问我可以吗?",不能说"我可以吗?"。除非别人要求你再问一遍,否则永远不要重复提问。永远不要打断别人的谈话。你得等到大人停止说话后,才能讲话。大部分孩子从小就学会了这些规矩。我兄弟和我以前经常穿过家里的后院,沿着枝丫丛生的过道来到拐角处的房子,按响邻居的门铃,足足等满一分钟,才按第二次,然后当住在那里的老夫妇应门之后,我们会问:"请问我们可不可以爬你家的树?"然后,我们的眼睛会盯着茶几上的碗,问:"请问我们每个人可不可以拿一块糖果?"我们为本质上是入室抢劫的行为披上了礼貌的外衣。

那整套"请问我可以吗"和"我可以吗"的区别不再适用于今天的孩子们学习询问的方式,因为对着互联网机器提问需要使用完全不同的语言:如果你不对着互联网机器发出最清晰的命令,那台机器是不会听懂你的话的,而小孩子不喜欢不听话的机器。孩子们学会了去掉多余的词汇,比如

"亚历克萨①，放碧昂丝的歌。"

"亚历克萨，告诉我几点了。"

"Siri，打电话给妈妈。"

然后互联网机器会满足他们的要求，反应的速度比任何人类都快，而且没有抗议、反驳或抱怨。互联网不提供奶油糖果和爬树服务，只会提供目标数据和即时满足。

---

① 亚马逊公司出品的智能音箱。——译者注

七十三
飞机上的偶遇

当几百个人把他们自己挤在一个飞行的金属盒子里好几小时,他们注定会要进行互动。当没有成年人陪同乘机的未成年人紧张兮兮地询问起飞时间的时候,其他人会给予安慰。人们会看看登机口旁的旋转购物货架,这个货架区分了斯蒂芬·金和丹尼尔·斯蒂尔的读者。人们还会一起伸长脖子,去看站在走廊前面做安全带演示的空乘人员。人们会偷听前排情侣的对话(听他们是初浸爱河还是婚姻破裂),然后当后排孩子踢座位的时候,人们会和邻座交换愤怒的眼神。当播放机上电影时,遮光板拉下来,大家都会异口同声地为东行航班上的选择而呻吟,那是一部由可爱猎犬出演的票房哑炮。乘客们很长时间都在一起。

嗯,事情就是这样。现在飞机上一片寂静。每个人的眼睛都盯在各自的屏幕上,不管是贴在后座上的屏幕,还是私人设备上的屏幕。乘客竭尽所能想要远程联系别人;他们会等到飞机滑翔到最后一秒起飞时,才不再使用机场无线网,然后爬升到3千多米的空中就开始使用飞机里的无线娱乐设备；还有人偷摸从不关掉电子设备。他们会通过卫星系统给地面的朋友发短信，却不会在接下来的12小时内和身边被压扁的邻座说话。如果飞机将要飞往厄运，人们不会抓住距离他们9厘米的人的手，而是会想办法给9千米下的某人发最后一条消息。

如果不是在飞机上，你很难有机会遇到一些人。你遇到的可能是一个英俊的陌生人，一个新朋友，或者潜在的客户。你也可能遇到一个和你政治观点截然相反的人，而且这也是你第一次遇到这么一个人，第一次听到这样的观点。往好的一面想，现在你也不用听邻座啰啰唆唆地讲销售会议，以及他上次飞行时候吃的饭。你也可以专注于自己的屏幕，在飞行旅途中不受打扰。

七十四
支票簿

终于，你有了自己的支票簿。这是存折的重大升级，因为存折只代表你有一个基础的储蓄账户，如果要拿钱，你得填表，排队等银行工作人员招待你。而支票簿——只有成年人有支票簿——这意味着你已经财务独立了；意味着你无论在哪里，都能取到钱了。

用支票簿有一套非常麻烦的程序，可能支票簿夹在了装饰有姓名首字母的皮革钱夹里，你得翻到正确的一页，然后以华丽的方式签名。读书的时候，作为标准数学课程的一部分，你学过怎么用支票簿时收支平衡。每个学生都要上支票课，学习当拼写总金额的时候，只有在"分"之前才写"又"，而且一定要签全名。老师告诉你，只要稍微写错一点，你的支票就没用了。撕毁一张你必须通过邮件订购的珍贵支票是一种浪费，尽管它可以在适当的情况下产生高度的戏剧性。在支票正面潦草写下"无效"两个字，然后把支票撕成碎片，带有一种决绝的意味。许多关键的电影场景都是人们泪流满面，从中间一把撕开支票碎片掉落到地面。我就是不肯掏钱！或者：你的钱对我来说一文不值，我不接受！

餐馆收支票、加油站收支票、街角小卖部收支票。所有你在电视广告上看到的想买的东西，都可以通过邮寄支票或者汇票（还记得吗？）付款。比起信用卡，人们更喜欢用支票。信用卡算不上真钱，因此可能有不法分子钻空子。拿信用卡来支付大额商品的话，收银员就得搬出电话黄页大小的信用卡挂失名录。这种名录每周都会送到各家商铺，里面列出了所有遗失或被盗的信用卡，卡号用小字依照数字顺序排列。高中的时候，我在商场里打工，很怕在柜台下面的一堆过时名录里寻找最新版本，同样，我也害怕会被迫要求顾客交出一张盗刷的信用卡。如果有支票，你顶多就是要核对支票上的姓名和顾客驾照上的姓名是否一致。

支票支付作为非现金支付的一种形式，曾经占比86%，在1995年使用量达到巅峰，人们书写并签名了近500亿张支票，而如今人们几乎不再用它了。2000年到2012年之间，人们使用支票的数量下降了一半。你如果尝试在杂货店用支票付钱，店主会用难以置信的目光看着你。就连终其一生都老老实实用支票付款的老年妇女都不敢这么尝试了。旅行支票会让30岁以下的人感到困惑。所以，寻找外币兑换处，或直接前往美国运通办公室，或访问多个售货亭以寻找最佳汇率和最低汇率的想法也变得古怪了，而那曾经是国际旅行的基本仪式。

货币本身正在消失，现在只有7%的财务交易会用到纸币和硬币。昔日雄伟的青铜收银机已经被光滑的矩形平板电脑所替代，而你则会在刚刚给你送了摩卡咖啡的小孩的注视之下，选择给18%还是20%的小费。以前还会打印收据，现在都是敲一下触屏，直接发送电子邮件。纳税的时候，你不再一张一张地收集出租车的发票或者印刷模糊的饭店发票。4月15日前，你的网上银行就会通过支出类别将你的支出总结放入你的收件箱。你甚至都不需要亲自询问。

越来越多的商店只接受卡片或移动支付，这减少了被盗的可能性和人为错误。唉，那些信用记录差的人和没有智能手机或信用卡的人就没法凑热闹了。在纽约市以歧视性和侵犯隐私为由禁止无现金企业之前，几乎不可能用皱巴巴的钞票买到一杯价格过高的新鲜混合果汁。不过美国和世界其他国家的许多城市都在继续使用并扩大无现金交易的潮流。

即使是我们这些赚取稳定薪水的人也几乎看不到实际支票，更不用说为其背书并将其带到银行分行了。如果你确实拿到了纸质支票，而不是直接存款，你可以根据2003年的一项法律自行扫描支票，然后支票本身就可以丢进碎纸机里了。到2007年，大约40%的支票都"电子化"了。去银行排队，等着柜员给你取钱，曾经是每周的仪式，就像给车加油和买菜一样，而如今我们对此已经记忆模糊了。人们以前都认识当地银行的柜员，而你上一次见到某个银行出纳员，是什么时候呢？

七十五
错过

"**你**都想不到。"

"你必须去。"

"你都不知道自己会错过什么。"

噢,但是你可以想到,而你没去,你也知道自己会错过什么。担心自己错过了什么的心情,那种不安的情绪,觉得有些想到发生你却不在场的感觉,已经被另一种认知给替代了,那就是确实发生了一些事,而你不在场。

高中的时候,如果你没有被邀请去一场派对,就已经很可怕了。不过知道那场派对在没有你出席的情况下,也开展得很好,远比没被邀请更糟糕。现在的孩子们已经不会在周一早晨的学校走廊上偷听一场上周五晚上的海滩篝火晚会了;他们目睹了篝火晚会的种种,他们垂头丧气地从客厅的有利位置上看到了篝火晚会与他们擦肩而过,脚步匆匆,转瞬即逝。当疫情隔离迫使每个人都待在家里,对那些通常靠边站的孩子们来说几乎是一种解脱。现在所有人都在同一条船上了。

对成年人来说，被迫观看那些他们没有参与的兴奋活动，就已经够糟糕了。想象一下在青春期的痛苦时段，无论你有多少朋友，你总有点不确定你在朋友的优先顺序中排第几位。对于青少年来说，社交媒体就是社交生活。如果他们不想错过活动，就必须跟上节奏，而现在跟上节奏要做一大堆工作。他们必须保持警惕和纪律性来监视互联网上发生的所有事。他们必须是最后一个离开派对的人，必须密切关注Snapchat的火热动态，那里有指定的团体必须在每天结束之前发帖子。

那种初中生的感觉并不一定会随着Snapchat上照片的消失而消失。我们都了解上网到处找人聊天的经历，至少对你的社交圈来说是广撒网，可能还会和一个小短语（比如"粉红小猫"）或者话题标签（#立刻杀死她）挂钩。聊天时，除了你，所有人似乎都知道这些短语在说什么，而且觉得或搞笑，或愤怒，或疯狂。无论何时，"对话"都在发生，无论你是在睡觉、和孩子吃晚饭，还是有胆子做没有互联网参与的事——然而现在已经太迟了。至少你可以精准看到你错过了什么。

七十六
书法

六年级的时候，我的书法成绩是"难以令人满意"，这是我们学校对F等级①的委婉说法。我写小写h的时候，没有像正常写法一样从下面开始写起，而是从上面开始画起，这是我个人喜好的签名风格，而我的老师哈珀小姐并不喜欢这种奢华的风格。

我的孩子中，没有一个懂书法成绩"难以令人满意"的痛苦，这不是因为我的孩子们手写字特别漂亮，而是人们不再认为书法成绩重要了。全国通用核心课程体系只会给幼儿园和一年级的孩子强调清晰笔迹的重要性，然后就会开始教学生用键盘打字了。孩子才掌握基本手写方法，平板电脑就被淘汰了，那时候孩子还在学龄前，所以孩子们根本没时间掌握手写字的要领。

当一个10岁的新泽西男孩在2019年赢得全国手写体书

---

① 相当于不及格。——译者注

法比赛时，他的壮举并没有引起多少注目，但如果是上一代人，肯定会引起轩然大波，惊讶于一个如此年轻的孩子竟然能够在需要多年才能臻于完美的技能上如此出众。现在人们的反应是，竟然还存在这种比赛。

如果你向如今的六年级学生提及"脚本"（script），也就是英文中圆体的快速潦草写法，他会觉得你讲的是计算机脚本，就是用来设计网页的东西，或者是电视剧的脚本。他可能会把草体和速记混淆，而速记也是纸质时代的遗物。美国国会图书馆招募了一批志愿者，把旧文档输入到永久的数字化记录中，而年轻的员工必须在老一辈的搭档下工作，因为他们看不懂圆体了。

随着人们放弃写圆体，签名也逐渐消失。当要给文件签字的时候，一般的青少年都惊呆了。签名曾经是成年人生活中必不可少的一部分，不在意现在已经像出纳一样被淘汰了。以前成年人都受过正式训练，检查信用卡背面的签名，确保该签名和收据上的一致，不在意触屏上有什么涂鸦。DocuSign[①]允许签名者在触摸板上输入手指绘制的签名，然后自动填充整个文档。你甚至都不需要练习签名了。

尽管有些人觉得手写已经过时了，但手写清晰的句子是有好处的，不仅仅是为了锻炼运动技能。研究表明，手写体连写和拼写能力之间是存在关联的（再问一句，谁现在还需

---

① 一款电子签名软件。——译者注

要拼写呢？）。其他研究表明，手写能够让大脑更好地阅读和写作。人们拿铅笔在纸上写字的时候，学到的东西比触屏更多。2019年，巴尔的摩县实施了每个学生一对一的笔记本电脑项目后，教科书、纸、铅笔和钢笔都从教室里消失了，而学生的成绩全面下降。

2012年的一项研究扫描了幼童打字时、读字时，以及手写字时的脑部活动情况，扫描发现只有当孩子手写字的时候，他们的脑部活动才和成年人阅读写作时的脑活动一样。孩子们在手写的时候，对信息的吸收和保留能力比触屏时更好。所以人们总是告诉你"仔细写下来"，是有道理的。我们怎么学知识的，就怎么把它们写下来。

七十七
"抱歉"

你可以径直说"抱歉",爱说多少说多少,不过没人会注意的。别人都太忙了。别人正在听播客。别人都沉浸在群聊中,你没办法仅仅用一句道歉来打破这种过度沉浸。人们的头发或帽子里面藏着耳机,耳机里的内容将他们牢牢抓住。你要是撞到了谁,没必要说对不起,也没必要说"不好意思"或者任何好话,因为没用,不管是什么情况下,你都会挨骂。我们没必要自讨没趣,不过我们一直都在自讨没趣。

七十八
圣诞节的信[1]

如果要写信的话，要写的内容很多，读起来会很长，而且，大家早就知道发生了什么。

---

[1] 西方习俗，圣诞节时要写信给亲友，回顾一年中的难忘时刻，并表达祝福。——译者注

七十九
猜出演员是谁

没有什么能让我从一部电影的情节中分心,除了尝试猜测那个演员到底是谁,结果完全猜不出来。我觉得我曾经见过他,但是,唉,我不记得是在哪里见过他。虽然知不知道无所谓,可是对我来说有所谓!然而我必须在电影院里坐漫长的两个小时,冥思苦想这个难题,也不愿意给邻座咬耳朵提问,因为害怕被别人嘘声,然后在提问的过程中错过电影中的关键对话。

现在,这件事对我的孩子而言也很重要了。当他们在看漫威的最新电影时,如果不能马上说出那个坏人的心腹曾经演过什么别的电影,他们会像所有其他人那样,去谷歌搜索。他们会去IMDb爱影库搜索这些电影,或者去维基百科上查。在家里看电影,手机却不放在房间里,就像是在故意挑衅。为什么要这么挫败地活着呢?为什么要忍受这份悬念呢?

八十
传纸条

曾经,你会在课堂上写下记录,也会从笔记本上撕下纸条,写下东西,在班上传给朋友们。这两种内容是截然不同的。后者更加精准地反映了学校里发生的事。所有混乱、晕眩、拒绝,以及持续的、折磨人的损人利己行为,这些标榜着女生们从幼童时期过渡到青少年时期的特征,都出现在了那些皱巴巴的活页上。它们是如此重要,你甚至愿意冒着极大的风险传递这些纸条。如果有一张笨拙传递的纸条掉到了地上,你可能会陷入大麻烦,或者至少,当这张纸条被老师或其他意料之外的人拦截了的话,真的很尴尬。想要发布这些纸条,让其他人都可以看到,是不可想象的行为。

在短消息和社交媒体尚未出现的时代,纸条是我们在错综复杂的友谊网络中导航的方式,我们通过纸条熬过无聊的课堂,制订放学后的计划。纸条帮助我们区分盟友和敌人。将转瞬即逝的愤怒和微不足道的委屈写在纸上,可能会落入不该看到的人手里,许多中学生的争执因此而起。因为这些信息被认为是私密的。

当动荡的、时断时续的、折磨人的八年级结束时，我们好像整整度过了四年的时光一样①，然后我和我最好的朋友艾丽卡收集了我们写过的所有纸条，还做了一件永不该做的事：我们彼此分享了各自折叠得方方正正的纸条（还记得你会在最外层写上收条人的姓名吗？）。我读了她的信，她也读了我的，然而我们发现了一件长久以来不会让青少年知道的事情：其他人，那些我们自以为是朋友的人，在我们背后说了什么。艾丽卡本以为我们的朋友只在她面前说过我的坏话，我也有同样的想法。实际上，我们都曾成为别人的靶子，被人利用过，也被人欺骗过。发现这些事，让我们有一种被毁灭的感觉，我们和其他朋友切断了联系，在高中开始了新生活。

我们吸取了教训，收起了纸条。不过我一直保留着我的纸条，将它们整理好放入了一个棕色的手风琴文件夹中，就是那种合起来之后，要用绳子绕着上面两个金属圆桩缠一个8字才能关上的那种。这个文件夹会躺在地下室的塑料大垃圾箱中，不仅仅见证了我自己那微不足道的过去，还见证了已经完全遗失的社交生活形式。

---

① 美国学制中，部分学校五到八年级为初中。——译者注

八十一
生病的日子

你醒来,喉咙痛、身体痛,感觉很像发烧了。你没睡饱,肯定是遇到了什么事。或者你可能就是没睡醒,不想上班。放松,请病假吧。然后这一天会这样度过:

你会拿起电脑,给领导发信息,让她知道你就是没法来上班了。你会滚动浏览一整夜的邮件。你会写一份不在办公室的自动回复,并将你的Slack状态更改为生病的表情,这样就可以减少消息通知,不过这也不会阻止你回复最紧急的信息,不管你烧得多重。如果你不回复,你就被落下了。

换句话说,这并不是真的休病假。

哪怕是疫情期间得了严重新冠的人也要确保自己更新了群聊信息,和同事协调好常规打卡工作——这是工作的一部分。你可能不在办公室，但你还是可以被人找到的，"不上班"但仍然在家办公。如果你完全失联，那就近乎犯罪了，至少也要被视为傲慢。除非你已经用上呼吸机了，否则你总是要回复某些人的。

如果你年纪够大，肯定记得以前请病假的日子。那时候你会在领导进办公室之前就给她留下一条低沉而沙哑的电话留言，然后就爬回床上去，睡几个小时，只会醒来吃几片吐司，然后再缩进被窝里。你对办公室里发生的一切一无所知，并对此心怀感激。你也不知道邮箱里可能收到了哪些信件，不知道有哪些人给了你电话留言，不知道你错过的会议上发生了什么，而且不知道也没关系。如果你回去上班以后，需要几天时间赶上进度，也没人会对此耿耿于怀。毕竟你病了。

但现在你不能像以前那样生病了。没人可以那么生病了，小人物不能生病，大人物也不能。病假的概念自然而然地跟着工作日的概念一起消失了。当工作日毫无尽头时，就没有"下班以后"的概念了。七成的成年人说他们下班后还在用手机工作，如果他们说的是实际情况，或者如果他们意识到高效删除非必要的工作邮件也算是工作的话，可能下班以后还做得更多。在法国，提前退休、丰厚的养老金、罢工，以及"断联的权利"从2017年开始生效，这些措施让员工有权在下班后忽略老板的邮件。谁能想象在美国会发生这样的事情？光是这么想都足以让你难受了。

八十二
秘密

现代侦查技术中，避无可避地包含一种技术，那就是浏览被害者或犯罪嫌疑人的硬盘。哪怕坏人有先见之明，事先清除了电脑数据，真相还是会有水落石出的一天。秘密不再藏于底层抽屉里，也不再藏于保险箱中。秘密不再是临终之前对某人的窃窃私语，也不再是遗嘱背面的隐形墨水笔迹，亦不是上锁日记本中的故事。如今的秘密存在于我们的笔记本电脑里。

我们没花多长时间，就已经意识到那些我们自以为是私密角落的云端个人空间，那些搜索引擎的古老浏览历史，都不再是秘密了。那些我们想要瞒住全世界的糟糕真相，可以在邮件里找到，可以在Instagram的"私信"中找到，抑或是在我们以为早就删了的短信里找到。就算我们删了，对方估计也没删。很多人都在另一端截了图、拍了照，或者录了一段完整的视频。就算秘密被抹去了，也可以恢复。不管你说了什么，做了什么，都已经记录在案。

就像一些无耻小人那样，互联网汲取了我们的秘密，然后又转手透露给别人。我们可以轻而易举地找到别人的秘密，别人也可以轻而易举地找到我们的秘密。而我们所有人都是贪得无厌的窥探者。当所有秘密都暴露在外，我们就会生活在对自己好奇心的恐惧之中。

八十三
卡片目录

凭借一系列看不懂的数字和不经意间有趣的情节摘要,卡片目录一方面可能引你误入歧途,一方面也可能指引你找到你需要的书。小学或者初中的时候,图书管理员都曾尝试教你使用那不可理喻的杜威十进制图书分类法[①]。如果没取得图书馆学的硕士学位,大多数人都是在慢慢摸索。

不过那种摸索实在很有趣!我可以花好几个小时翻阅那些巨大卡片,惊讶于每张卡片上的内容:有些书很荒谬,因为人们坚持写晦涩主题,还有一件很神奇的事,那就是为什么一本鸟类学书籍会有三个版本,而且每个版本的目录都略有不同。以前的过气书籍全是公共图书馆里的奇观。

你现在唯一能够找到的卡片目录都在eBay上,而且它

[①] 图书馆专家麦尔威·杜威发明的分类法,以数字代号分类图书。分类法将所有的知识体系以10个主要的学科来涵括,每个学科下细分10大类,接着又再分成10小类。每个学科都会由特定范围的数字来表示。——译者注

们已经空了。你还可以找到电子借阅时代以前熟悉的书籍的旧图书馆版本，那时书后有一个竖口袋，里面有一张借阅记录卡，人们会取出卡片，盖上一个糊掉的归还日期戳。你不得不跋涉到图书馆，搜索卡片目录，然后冒险进入书库，看看是否真的有一本书在那里。现在你可以在线预定这本书，当你的名字出现在等候名单上时，你还会收到邮件提醒。不再会有在书库里冒险的日子了，而在书库里寻寻觅觅的时候，你也许永远也找不到你在找的书，但可能会发现更好的东西。

八十四
大学课堂

可怜可怜那些站在讲台前的可怜教授吧。学生们不会全神贯注地盯着讲台，而是盯着他们竖立的手提电脑屏幕。无论讲课教授把声音抬到多高，企图盖过键盘敲击声，她都不能通过眼神交流或面部表情来衡量学生的兴趣。如果学生不用铅笔做笔记，老师就无法判断谁在听课并且做出了反馈；咔哒咔哒敲键盘的声音可能意味着那些坐在第三排眉头紧锁的学生只是在互相发消息。这不是疑神疑鬼。一项每隔5秒钟对大学生笔记本电脑进行一次屏幕截图的研究发现，学生在课堂上，平均每19秒切换一次窗口和任务。

听课的学生人数不再与入学人数有任何关系，就算把那天早上睡过头的人也算在内。还有一大堆数不清的学生根本就没来听课，就算他们声称自己对这门课有兴趣，也定了目标说要好好听课。许多学生只是等着接收老师的讲课PPT，而PPT这种被市场经理和销售主管各种鄙视的工具，却被教授们用来创造并发布每堂课的讲义，他们这么做不仅是为了旷课的学生,还为了那些身在曹营心在汉的学生。"PPT就是个入侵物种。"一位教授如是说。

因为孩子们在学校不再手写任何东西,当他们上大学时,他们已经没有记笔记的概念了。正如一位教授告诉我的:"我已经在大学的西方文明课上解释过了,PPT是教师的笔记,并不是正确的学习方法。研究表明,学生应该自己做笔记,而且是手写笔记。我的讲课风格很活泼,但是我也能保证,有些学生希望我闭嘴,只要给他们放视频,然后组织一些课堂游戏就行了。"当这位教授自己还是个学生时,他说当他听一位"杰出"的教授讲课时,"我们认为自己很荣幸,能够在他讲话的时候记笔记。"而现在,这位教授说,学生们已经停止做笔记了。写字太耗时,而且他们也不知道从哪里开始记,这让讲课的形式变得不再那么有效率。

难怪许多学生选择翘课:他们可以云上课,或者后续在网上学习。或许有一天,学生就算想现场听课,也听不到了。

八十五
记忆

你还记得我们过去坚持基本事实和日常义务的时候吗？做那些事的时候，我们都是靠自己的，完全没有弹出来的事件提醒。然而这种日子已经一去不复返了。我们已经放弃了什么事都亲自记住的习惯，已经把记忆留在了云端。创造新的记忆就包括在事情发生的时候，全神贯注地观察这些事件。这意味着手写信息、收集信息、整理信息以及搁置信息。要在早期基于大脑的系统里创建长期记忆，需要理解并保留事实细节，以及对概念的理解和整合。你构建了这些记忆，然后大脑睡了一整晚，大部分记忆仍旧能够保留到第二天早上。通常你会迫于环境而回忆一些信息——你的银行卡账号、储物柜密码、父母的纪念日——你可以在没有视觉辅助的情况下回忆起这些信息。你用的是心灵之眼。

但是我们不再让大脑进行那些常规的锻炼，不再使用过去的思考模式。那种用大脑去记忆的行为，是你早年做的事，从学前班开始吧。而现在，我们不会去费心记诗歌、不会去记圆周率的前40位数字、不会记犹他州的首府和七的倍数表。存储文化知识就算不一定意味着智力,也是成年与受过良好教育的标志,但现在这些记忆存储全都变成线上了。开卷考试在我上学的时候是很罕见的,而现在已经成了中学教育的常规特征,因为当电脑可以更高效地存储信息时,教孩子记东西就变得很没意义了。孩子们也知道记东西没意义。

我们是否继续以老式的方式创造有机记忆?大多不是。用三星盖乐世拍照,或者剪切粘贴地址到你的通讯录里,和将这些联络信息登记到你的小黑皮本里的效果是不一样的。我们亲眼见证的记忆,是否很快就被我们之后反复滚动浏览的数字记忆所取代了呢?是的。我们都可能患有拍照障碍记忆效应,其中记忆被外化而不是内化,这意味着它们永远不会成为原始体验的长期记忆,不会和大脑中的嗅觉、触觉以及情感系统产生联系。这一更新过程被称为认知卸载:我们不需要再记住什么了,所以我们也不再记忆了。这听上去是件帮人减负的事,而且对很多人来说,也的确如此。

随着认知卸载,我们剩余的记忆能力和记忆方式发生了变化。不仅仅是我们的记性变得更差了——尽管记性是在变差,记忆形成的方式和记忆留存的方式都在发生变化。这些方式的改变是循序渐进的。当我们在Snapchat和Instagram上分享生活时,这些生活细节被简单地记录下来,然后人间蒸发,我们最后或许记忆更深的,是对这些瞬间的记录,以及对这些瞬间的反应，而不是这些瞬间本身。哈佛大学心理学教授丹尼尔·沙克特表示，研究表明"在体验发生后重新激活该体验，对于针对该体验的后续记忆有重大影响，而且根据体验被重新激活的部分，甚至还可以改变原始记忆"。我们并不了解这些新的中介记忆意味着什么，或者它们将取代什么，但是如果我们记得去找，总有一天我们会找到答案。

一天早上，我冲到办公室，脑子里想着当天要做的十几件事，然后手机里收到通知："你有一份新的回忆。"通知如是说。一张2017年我去参加澳大利亚书展的照片不知道从哪里冒了出来。为什么是现在冒出来呢？我很好奇。我点开了那则通知。算法中的一些东西一定告诉了互联网我需要看悉尼港海滨的图像。可能是完全随机出现的。我永远都不会在一个特定时刻想到那个特定场景。只有一件事我是确信的：我有了一份新的回忆。

八十六
电影院

星期四晚上,主街上的电影院前会出现一架梯子,标志着周末的开始。你可以看到有小伙子手动塞字母到剧院入口处的遮檐上,想要猜测B是不是代表了《回到未来》或《早餐俱乐部》。你需要了解这件事,因为电影院是唯一能够让你看到其中一部电影的地方,你会坐在黑漆漆的房间里,在指定的观影空间与同伴以及满屋子的陌生人一起看电影,吃昂贵的糖果和人造黄油爆米花。周五晚上,当新电影上映时,对于小镇和大城市的许多人来说,都是一周中最令人兴奋的晚上。

如果你星期四晚上没有碰巧开车经过电影院,你必须等待当地影单打印出来,找到上映的片子。排长队买电影票也很好理解。你排队买票，你排队选座位，没人会提前一周在网上订好座位。1999年《星球大战前传1：幽灵的威胁》在旧金山上映时，粉丝们排了一周的长队，还为此露宿街头。一大群《星球大战》的铁杆粉丝在长长的街上开起了派对。从1989年开始，你还可以打777-FILM的电话来、查询"电影地带"的影讯，你可以按下数字——假设你的电话是按键式的，而不是旋转式的——来买下一场演出的票。有时候这种操作比直接排队看上去还复杂些。

排队甚至还很有趣。你可以在队伍里看到同学，还有已经毕业了的学长学姐，他们现在放假回来了。你在第一次约会的谈话中调情和摸索。

你若年纪更大，已有孩子，就得安排一个保姆，掏钱付费，然后在夜晚结束时把她打发回去。经历了所有的等待和心理建设，那部电影可能实际上很糟。影评直到周五早上才出来，当评论员在前一晚10点才写完评语时，就已经忙慌慌地出版了。除非你关注《威尼斯》或《圣得西》的新闻（谁真的关注了呢），其实没什么"传闻"。那时候没有暴躁的在线评论，也没有烂番茄网。

如今，很少有人会花14美元买一张可能不符合他们标准或要求的电影票。网飞会根据你上次观看的电影来推荐新电影，YouTube了解你的喜好，比如说你是喜欢有点蠢的电影呢，还是很前卫的电影，又或者你是否喜欢关于受伤野生动物的悲伤故事？YouTube会观察你看的视频和观看时长，观察你的分享和评论对象,并且将其全部输入全知的人工智能增强算法的中。顺便YouTube还会了解你的性别、你的住址,以及你的观看设备。

在影院上映的两小时电影,只能看一次,可能你根本不喜欢这部电影,但是也无法靠鼠标点击从而不看。在影院里,你不得不担心有白痴会在高潮部分争论不休,或者不停地看手机,这种观影体验和在家里看视频的即时性、隐私性以及灵活性是完全比不了的。而且,当你想上厕所时,在家里看电影的你可以按下暂停键,这也是在影院观影无法比拟的优势。

噢,但麻烦是值得的!请暂停一瞬间,为曼哈顿的传奇齐格菲剧院的逝去默哀,那家剧院只有一块银幕,偶尔上映一部与之相配的壮观电影,比如周年纪念版的《阿拉伯的劳伦斯》。你还可以走红地毯,那是为纽约首映式准备的,你可以呆头呆脑地瞪着冲进去的幸运儿。在齐格菲剧院看电影的时候,你不敢中途开溜去上厕所。这种憋尿行为是值得的,因为你和一帮朋友将看到首映式上的大噱头,也很快就会发现你们正在一起经历一些将要立刻轰动全国的事情。在人潮中看电影是值得的,你可以感受到大众的恐惧,分享大众的喘息,欣赏团体的友情,在充满欢声笑语或涕泪纵横的房间里,享受作为其中一分子所带来的人文满足感。

八十七
弄丢说明书

没人会想念那些找都找不到的说明书，因为你不再需要这些东西了。那些被翻译成糟糕的日语、汉语、德语、法语、西班牙语，以及偶尔被翻译成能让人认识的英语的骑马订小册子，哪怕已经装入了你的购物车，也可以直接扔进垃圾桶了。你现在都是上网用图像搜索详细的副本，或者在YouTube上看操作视频，也可以在制造商的网站上和技术人员进行实时对话。你可以参加技术人员的内部讨论会，解决说明书上根本没有预计到的问题，也可以直接无视说明手册，雇佣跑腿平台TaskRabbit帮你拼装宜家沙发床。

八十八
相亲

相亲之所以叫相亲，是有原因的。你都不知道你会遇到什么人，不知道这人长什么样，只是听介绍人说过她的头发，说过那天晚上她会穿什么颜色的毛衣。可能你也了解一两项事实，比如她在哪里上的大学，学了广告专业，而且还超乎寻常的高，或者你也可能了解到她刚刚和一个谈了好多年的男朋友分手了。

根据这些零零散散的信息，你走进酒吧，环顾四周，甚至不确定你要见的那个人是否在那里，也不知道你们能否认出彼此，你担心你走错了地方，担心对方在最后一分钟改了主意，不愿意和你见面了。你还会尴尬地挨桌问："不好意思，请问你是在等人吗？"这种行为又激动、又浪漫、又刺激。

你再也不用像以前一样跟个无头苍蝇似的乱撞了，因为你会事先把这一切都弄清楚。哪怕当你在浏览对方的Instagram或查看领英档案时，可能会被半途发现，你还是会在网上四处窥探，然后才会答应对方周四晚上见面。第一印象永远不会出现在餐厅里侧的烛光餐桌上。第一印象早就出现了。

"多亏了Tinder交友平台、短信系统以及社交媒体，你在相亲之前，就已经彼此了解了，而这让相亲变得更加令人期待。"Reddit上最近发布的一条帖子如是说，巧妙地总结了第一次相亲背后那无情的新效率。不过其中有一个遗憾："我怀念亲身实地去认识一些人的时候。哪怕我可以在文字消息上问同样的问题，那些细微的面部表情与肢体语言却是文字信息上捕捉不到的，而这些遗失的东西，很有可能是我们错过的绝佳的共鸣……因为绝大多数和吸引力有关的因素已经被排除在外了，大家的关注点都只停留在人们通过语言文字进行沟通的能力，或者说，操纵的能力。"

这是条双向的路。就像那些距离遥远的在线用户一样，你就是数字化自我的总结，然后遇到了一个潜在的配偶，这种相遇的方式，和公司数据收集员仔细阅读并将你的私生活分类从而牟利的方式一模一样。无论是什么情景下的第一印象——不仅仅是相亲，还有会议、试镜、上课、面试——都发生在云端，然后才落入凡尘。招聘经理会深入挖掘你的社交媒体资料，调查你在领英上的每一次空白履历，还会筛选你的联系人。根据2017年的一项调研，70%的雇主在让候选人参加面试之前，都在社交媒体上做了彻头彻尾的初筛。在你第一次见雇主之前，他们就已经很了解你了。你在进门之前，可能就已经计算出了第二次约会是否存在的概率；也就是说，当她了解了你和前任最近一次的分手全部细节之后，你得判断她是否从一开始就愿意和你出来约会（这是男士会遭遇的情况）。

不过，谢天谢地？至少从某种程度来说，让我们承认吧，相亲往往是一种折磨。当在意大利餐厅和你见面的人满头大汗、举止粗鲁，拿餐巾纸当纸巾，你会觉得你还不如看书或者看电视节目来度过这个夜晚，而且，你还可能觉得被当初给你介绍这个对象的人出卖了。她对你的相亲潜力估值如此之低吗？唯一要做的事，就是策划早期离场，而且，一旦到家了，你既要消化因为拒绝了预期相亲而产生的负罪感，还有一种挥之不去的担忧，那就是你的相亲对象也一样拒绝了你。而互联网至少可以提升成功概率。互联网可以杜绝许多这种相亲的开始。

八十九
百科全书

在我童年的世界观中,孩子们要么出生在一个拥有有趣且全彩的《世界百科全书》家庭中,要么就像我一样,被托付给了只有无聊的米黄色《大英百科全书》的家庭中。虽然有些读《大英百科全书》长大的孩子们可能会觉得,相比于读《世界百科全书》的同龄人来说,在道德上和智力上都要高出一筹。但在我看来,读《世界百科全书》长大的孩子才是幸运儿,让孩子读《世界百科全书》的父母才是好父母。因为《世界百科全书》的插画和文字是孩子们喜欢的,而这些插图和文字让孩子的感官没有完全钝化。

不过你只能利用手头上的工具。在过去,你若想找到一个问题的答案,只能去咨询百科全书,即便你可能像我一样,手头只有一本《大英百科全书》。还有一个选择,那就是去图书馆的文献资料室,里面有一整套原始的《世界百科全书》供你咨询。如果你需要给手头上的社会学研究寻找答案,而图书馆又找不到线索,那就只能直接去翻可怕的缩微胶片了。无论你怎么在长长的塑料管底下插入胶片，显示的图片都是倒立的（缩微胶片和缩微胶卷之间的区别是什么？只有获得图书馆学学位的人才能回答这个问题）。

不过如今，你如果还想寻找同样问题的答案，那么答案的表现形式总是高清全彩的。你可以从YouTube上超过10亿个标题中带有"如何做"的视频中选择一个你想要的答案。你还可以在YouTube上观看"学习视频"，现在70%的千禧一代都理所当然地这么践行着。你可以输入问题的前几个字，然后搜索引擎不但会自动填充你的问题，还会弹出三个你接下来想问的相关问题。你可以动动手指，选择任何一本你喜欢的百科全书，而且永远都是最新版，不仅仅是维基百科哟，所有其他网站皆可。如果这些地方提供的信息不一定完全正确，那么至少其他人也都获得了错误信息。

2010年版的第15版《大英百科全书》共32卷，总页数32640页，是最后一次印刷在纸上的版本。就算你想买一本《大英百科全书》，也没法子了。而且谁会想买呢？互联网就是百科全书，在视觉效果和互动效果上，远远超过了《世界百科全书》。

九十
新来的孩子

那个可怜的新来的孩子。他就来了那么一天,有时候甚至都不是在开学第一天来的,就像一整套供全班凝视与解码的暗号,也完全看不出来他在原来的小镇上凭什么受人追捧,又或者为什么被人鄙视,看不出他到底是值得结交的人,还是避之不及的人。他可能是一个父母双亡的孩子,也可能是前任学校的孩子王。他可能成为你最好的朋友,也可能成为你的克星,不过在这个孩子刚转学过来的时候,谁都看不出这孩子到底是什么货色。

生活中总有些时候,每个人都有机会成为那个新来的孩子,哪怕直到高中毕业才有这种机会。毕业之际,橄榄球运动员可以把他的头发染成蓝色,随后很快申报一个符号学专业,也不必担心老同学会为他的蜕变而大惊小怪。他可以利用整个夏天来捋顺有关新身份的古怪念头,而且是在充分私密的情况下,然后新生见面会上,他可以介绍一个崭新的自我,而听众和他的家乡隔了三个州,大多数人回家之后都会忘记他曾经是个什么样的人。

真是太自由了！一个大学女生低年级的时候出国，回来以后可以让情况大不一样：她可以转学，或者，如果她在一所比较大的学校，能够找一个新室友，转专业，也不用去参加那些喝酒取乐的同学聚会。一个新的毕业生可能会认为纽约的生活比之前在克利夫兰的生活要好，再也不想回到过去了。你可以在下一份工作中树立全新的信誉；人们不会把你想成一个做了4年助理的人。你的新女友也不需要了解你的前任。你可以大步流星地埋葬过去，比如改名换姓、不告诉别人你的电话号码，也可以选择不要转发邮件。丢掉过去的自己，走《消失的爱人》风格，不遭受嘲讽或谋杀就可以洗心革面重新做人，在过去不无可能。

可现在不行了。即便是六年级的转学生也不会是新来的孩子了，因为我们的社交生活不再依赖于地理版图；无论我们去向何方，社交生活与我们形影不离。其他孩子可以看到你的Instagram账号无人关注，而这些孩子还会追你追到你新搬家的城市。当12岁的你被缝进了网络纤维之中时，再不可能翻篇，也不可能重塑自我了。"整个系统给雄心勃勃的人重塑自我的机会大大减少。"说这话的人是《你不是新奇玩意》的作者杰伦·拉尼尔。如果罗伯特·齐默曼从不曾改名，那么鲍勃·迪伦又会是谁呢？

在前互联网时代，除非你是名人，或者写过回忆录，否则你的童年——还有可能最重要的是你的青春期——早已被忘却了，成了一种旧我遗迹，唯有在遇到故乡旧识时，才会偶然想起。你可以把心放在肚子里，因为办公室里没人知道他们如今衣冠楚楚手握实权的老板，被崇拜、被尊重甚至被敬畏的老板，曾经是那个体育课上永远排在最后一名的孩子。

然而那些童年时代不会消失了。如果你妈妈在博客上写到你10岁时脏兮兮的尿床，这篇博客会像强力胶一样黏在互联网上。无论你尝试多少次，都无法删除一个不讨人喜欢的维基百科链接，因为一些匿名编辑会把这篇博文粘回来。即使是无份大雅的青少年违规行为，比如暗示性的姿势和图像化语言，在面对成百上千的观众时，也会造成影响，而且会像文身一样难以磨灭。那些因为更严重的罪行而心怀愧疚之人可能永远无法释怀。

互联网时代早期，互联网为孩子们提供了探索新自我的途径——通过在线游戏扮演幻想中的自己，在匿名论坛试验性别身份，创造一个化身然后看看它是否更接近"真实的"自我，是否比其他人眼里的你更加接近真实的你。不过随着后期发展，互联网变成了受数据和利益驱动的永久性共享平台，剥夺了早期的自由。现在，印第安纳州乡下来自宗教家庭的青少年如果在网上探索自己的性取向，就会被发现，还可能面临骇人的后果。如今的光景下，做个孩子似乎更不容易了。而且之后也更难放过那个不开心的孩子了。

九十一
观点

当你抵达目的地时，该做如下举动：深呼吸，然后对眼前的景象叹为观止，大大张开双臂，假装你才注意到这令人震惊的全景，而且最重要的是，一定要让这一刻永垂不朽。举起你的手机（向上拿着，下巴低着，别忘了捕捉广阔的背景，抓拍几张，以防你的眼睛不听指挥），然后你就把画面收入囊中了。你已经看在眼里了。

实际上，你早在多个互联网平台上看到了这片风景，偶尔还有照片把贾斯汀·比伯摆在前面，你读了评论，分析了星级评分，然后承认吧，你之所以会去这个特定的冰岛沙滩上玩，是因为你早就看过了它的样子，虽然你讨厌贾斯汀·比伯，也根本不关心他会喜欢沙滩的啥东西。不过你还是来了，让你在线上看到的东西来决定你线下看到的东西。如果不是因为冰岛是网红景点，你可能一开始并不会想来冰岛，不会想看地热温泉的现场摄像头，参加熔岩海滩的360度游览。所以实际上，你到底是怎么到了现在这个地步呢？

社交媒体出现之前，《佛得旅游指南》曾经盛行一时。这本书中会穿插一些制作成本低廉的小照片，而那张照片甚至可能与你在现实生活中看到的相似。但是你会等到飞机着陆时才感到眼花缭乱，你更加有机会赏风景了，因为你没有提前看到带着过高饱和度沙滩滤镜的优化全景图片。

还记得每次旅行都是一系列你以前从未见过的东西，所有都是全新第一手的感觉吗？还记得离线没有滤镜的清晰度吗？最近，一天晚上和一群朋友在户外吃晚餐后，我抬头看到头顶上有一个微弱的红点。"我认为那是火星！"我带着一丝自豪和不小的喜悦说道。

我还没来得及搜索月亮或者其他星球，其中一位朋友已经拿出她的手机，对着那个点，然后点击了她的夜空应用程序。"是的，"她坚决地说，好像在确认皮肤病的诊断，"那绝对是火星，那边是土星。"我们都从天空转身凝视着她的手机。

有时候，那张网上的照片是你能看到的全部。而且云游比国际机票便宜多了；你只需要旋转谷歌地球，就可以欣赏美景。太阳总是在闪耀，而且图像清晰度十分可观。但与许多其他事情一样，当你只在小屏幕上看到大画面时，你往往会失去大局。

九十二
拼字游戏

我不能让任何人和我一起玩拼字游戏，或者我喜欢称之为"真正的拼字游戏"——那种带有游戏板和字母牌的游戏，不管它们是抛光的木头还是便宜的塑料那种。无论哪种方式，它们都提供了一种美妙的触感，填充了黑色的小抽绳袋，当你取出希望完美的七件套时，它们会在你的手指间滑落。你可以把它们放在你的展示架上，就像你在守卫一条战壕一样保护它们。

玩真正的拼字游戏，你无法先使用内置字典测试单词。你可能会因为试图摆出一个不存在的单词而失去拼字的这轮机会。没有天才老师会告诉你，如果你发挥最佳水平，能得多少分。

玩在线拼字游戏，你永远不会无意中向坐在你旁边的人伸出手。你不必争论你的兄弟是否在你从袋子中取出字母牌之前偷看了字母，或者"不小心"拿了四张牌而不是三张，或者一直在玩八张而不是七张。你不必数牌并将总数与棋盘侧面的指南进行比较，以确保没有牌被困在沙发下。你永远不会失去任何一张牌。你不再需要牌了。

你不必说服任何人与你一起玩拼字游戏，因为你可以与来自广阔未知互联网的陌生人或住在全国各地的朋友一起玩。大多数人，如果他们仍然想对比的话，会发现拼字游戏这样玩更好。我们这些其他人现在玩的是Spelling Bee[①]。

---

① 英语拼写大赛，始于1925年，如今已是美国家喻户晓的英文拼字竞赛活动。——译者注

九十三
谦逊

"**别**显摆了！"曾经的我们都是被这样训斥过的。不要自吹自擂。不要老是说我、我、我！你不要满口都是自己。否则你听上去就会很自负。别这样，别让旁人难受。这些尖刻的告诫听起来像是16世纪清教徒的严厉恳求，整装待发，但这些说法和近代1978年的育儿手册里的课程理念一致。

现在很难想象，骄傲曾经是——而且仍然是，从圣经上讲——是一种罪，因为我们都非常骄傲。我们为儿子的制胜进球感到骄傲，我们为自己是国家公共电台的支持者感到骄傲。我们要为自己有投票权而感到骄傲——会拿出便笺纸，保证会在网上炫耀一番。我们心心念念要将自己得意扬扬的方方面面宣告众人，想要得到他们的点赞与收藏。我们为能参与到今天的社交媒体所发起的社会正义运动而骄傲，而且我们还挥舞着正确的信号旗。我们在骄傲、虚伪和可怕的谦虚之间寻找甜蜜和安全的位置，以取悦我们的盟友，即使我们同时让他们对自己感觉更糟。骄傲（偶尔也叫炫耀、吹牛）并不再是我们对着一小帮朋友或同事做的事，而是向整个互联网传播的东西。十分之四的青少年表示，只能发布让他们看起来不错的内容，或者分享会获得很多赞或评论的内容，让他们备感压力。你获得的赞和评论越多，你就越优秀，只要你别看上去太费劲了就行。

需要不断展示你的最佳在线角度，意味着构建一个任何容易犯错的人都难以维护的外观。但是，对于那些致力于以此为生的人——网红明星、达人、网络思想领袖来说，保持这种真实感尤其困难。曾经一开始满腔热血的节目，当必须屈从于观众的心血来潮时，网上节目感觉就成了一个陷阱。对于那些靠YouTube谋生的人来说，用更多讨人欢心的帖子来讨好算法其实只是为了生存，这让他们有动力占领榜首。在抖音上也是一样。抖音网红玛丽亚·沙巴林八年级毕业时拥有200万粉丝，她告诉《纽约时报》："这个软件有一部分就像是一张表格，给影响力大的人排名。我会记得去查表，然后思考：'我为什么没在榜首？我要怎么做才能登顶榜首？'"然而，你努力登榜，意味着别人被挤下榜单了，或者说，意味着你让别人更难受了，觉得他们"不如你"——这也是我们的父母告诫我们别吹牛的初衷——互联网上的炫耀让人们迷失了方向。一个人的"感觉良好"时刻是另一个人的"感觉糟糕"时刻，而且这些既不是在校园里上演，也不是在职场里上演，而是到处上演。

我们很容易将其视为互联网名人的问题，但即使是我们普通人也很难在竞技场上只展示我们最好的一面，不知何故我们总是将个人的胜利变成另一个人的隐含失败：比如说晋升（炫耀）；晒娃（可爱）；糟糕的一天（仿若美国甜心梅格·瑞恩的感觉）；你买了新的咖啡台（意味着你买得起这么贵的东西）；大家族旅行（并不是每个人都能和岳父岳母、公公婆婆相处愉快）；你亟须的克罗地亚度假（不是所有人都去得起欧洲）。所有让你感觉好的事，最后都可以变成让别人感觉不好的事，而你甚至还蒙在鼓里，因为你唯一接收到的信号是缺席的信号，或者说微弱的信号（也许只是点赞，不是爱）。

慈善，本应该是无私的举动，但当我们的仁慈倾向和对慈善基金会的捐赠，还有我们对乳腺癌预防意识的支持，以及生日捐款都发生在脸书上时，慈善行为感觉上就是作秀。别忘了晚上7点为急诊工作者举办的庆典，都在网上公演了。看似默认的立场——什么都不做——现在意味着你不在乎。你不是盟友或支持者，也不是一个好人。否则下次最好展示（和炫耀）。或许在如此毒化的氛围中，无休止的自我膨胀和赢者通吃的网络竞技场，我们特别渴望证明，与此同时我们仍然在乎。我们当然关心别人的想法。

但这一切都可以看作是生活中的某种竞赛。在网上展示某样东西就是以某种方式炫耀它。最终，互联网可能会成功地将我们所有人都变成电视真人秀角色——突出我们最好的品质，夸张地伪装以确保"观众"能持续观看。我们一直都是这样，只是没有办法发布，还是互联网把我们都变成了夸夸其谈的人？

九十四
学习指南

以前，经验丰富的老师总是知道"学习指南"①里有什么，有《动物农场》还是有《埃涅阿斯纪》。因为每个班上可能都有那么一两个作弊的人，深深了解"学习指南"的内容，是最有可能揪出他们的方式。这并不会阻止走投无路和迷途不知返的学生一头扎向当地地铁站的书店，去翻阅代表着耻辱的旋转架，其中大量带有紧急危险条纹的黄色小册子和黑色墨水画阻碍着他们掏钱买东西。

如今，孩子不会因为购买了"学习指南"就被抓住，因为"学习指南"是在线网站，没人能够抓现形，看到孩子们在读这些笔记，而且孩子也不在乎。他们干吗要在乎？反正可以谷歌、浏览、分享（"协作"）、搜索关键词、找出要点、复制粘贴，然后悄悄删除浏览痕迹。整个互联网就是一本"学习指南"。

---

① CliffsNotes，由克里夫·希勒加斯创办的品牌，主要是由老师撰写的辅导材料。——译者注

互联网提供了一套替代方案。为什么要在别人已经整理好素材，并且编纂成册发表在博客上时，还亲自搜索一手资料？你只要花费很少的钱，就可以雇用一个一穷二白的研究生给你写论文。

管理人员和教师不再认为学生们完全按照指定的阅读书目进行阅读，而是假设每个孩子都是潜在的作弊者。学生的作业会常规性接受查重程序的筛选，比如Turnitin或Copyscape。但是今天的孩子知道如何使得抄袭的论文偷偷通过查重程序。为什么他们不应该这么做呢？当学校不再依靠荣誉体制或高要求体制运行，学校也没有给孩子们起码的尊重，即对于他们的假定无罪和良好信誉的尊重。与其希望用论文去打动老师，或者至少让老师对自己的想法留下深刻印象，诚实努力的孩子如今只是希望老师相信他们是自己做的作业。

九十五
父母没被分散的注意力

痴迷的崇拜是每个新生儿与生俱来的权利,而父母则心甘情愿将注意力集中在孩子身上。所有新父母都只想品尝被自家宝宝凝视的甜蜜,这种凝视是所有爱的源泉与载体。那些无声的交流,随之而来的镜像模仿,父母对孩子的回应,携带着一种任何其他关系都无法比拟的强度,当你第一次感受到它时,当初那个还没有为人父母的你,看到古怪痴情的父母对着小宝宝疯狂咧嘴笑时的疑惑不解,瞬间蒸发了。这种深刻的人与人之间的交流胜过千言万语,然而当孩子学会了说出只言片语,父母会牢牢抓住每一个从孩子嘴里蹦出的词,每一个早期的、笨拙的发音。轻拍细打与持续的眼神交流叠加在一起,仿佛是建立在迷恋之上的相互爱慕。

人们就是止不住地喜欢凝视自己的宝宝。

除非,随着互联网的出现,人们能够做到停止凝视孩子,而且也已经这么做了。如今,他们"利用"闲碎时间推婴儿车,对着下面的小宝宝叽叽喳喳,而以前这些时间是他们"抓不住的"。他们以前会在这些闲散时间里,漫不经心地描述眼前的风景,或是早晨的计划,也心知肚明小宝宝不可能听懂,但可能会享受这种单向声道的输出。而如今,一部手机停在婴儿车的头顶襟翼(现在有多种型号的婴儿车配备了一个特殊的支架,使拿手机更容易),父母一边滚动着屏幕,一边和朋友聊天,或是听播客,就这样取代了昔日的清晨。在这些弥足珍贵的间隙时间里,如果你没有非做不可的事,如果你不需要马力全开,那你其实可以陪孩子做很多事,所有经验丰富的父母都明白,哪怕是半闲半忙的时间也是十分罕见的。

互联网充斥着羞辱父母的照片,比如他们在操场上接电话,忽略了育儿,但实际上他们可能就是在打电话给孩子(而且,这些照片也是手机上拍的。有时候是别的父母拍的)。他们看手机,可能只是为了查天气,确保头顶令人忧心的乌云不会带来一个瓢泼大雨的午后,也可能是在下买菜的订单,为蹒跚学步的孩子做晚饭。他们可能是在和另一个孩子的父亲发短信,安排两家的孩子一块玩游戏,也可能是在做一些线上更加容易完成的日常育儿任务。在很多方面,他们可能是在利用互联网工具,尽可能做最佳父母。

尽管如此，人类当着其他人面前爬行所带来的视觉与听觉效果，有直接性和完整性，而这两种性质被互联网抹除了。那些一直低头看手机的父母，当喃喃自语着"噢，哇"还有"太棒了，小甜心！"时，传递给孩子的信息是"我现在并不是在和你说话，我正和别人聊天呢。我在看别人，哪怕我时不时会瞥一眼你。就好像是我听到你说话了，但我只是假装听到了"。孩子们可以通过关于欣赏与互动的微弱细节，比如点头、微笑、情绪配合，分辨出我们并没有真的关注他们。他们可以凭经验分辨出什么时候得到了全心全意的关注，而什么时候则被忽略了。孩子在看，孩子也在学习。

等到孩子长成了青少年，关于自己是否得到全心关注这件事，他们绝对秒懂。

九十六
盲打

如果你的人生抱负包括功能性成年，你必须学习如何打字，就像你必须学习如何系鞋带一样。这意味着蹲家里阅读那些名为"盲打很容易"的工作手册，或者七年级的时候上关于打字的必修课，大家伙一起重复练习打字，这可能是初中所有课程里最无聊的课了。不过打字课就像逛商店一样，因为谁都应该知道怎么握锤子。这是成年之路上，交税要求相对较低的一项了，而且你最差也会得一个B的等级分。

事实证明并非如此。环顾四周，你会发现很多成年人在看着键盘打字，过度使用他们磨损的拇指。新人不知道如何打字。

任何掌握QWERTY全键盘的人都知道，看着一个不晓得打字的人是多么痛苦，就像是看着兔子的尾巴在它鼻子后面20米的地方，人类在5G网络的速度对比之下，以慢得令人费解的速度在工作。你几乎可以看到，看着键盘打字的人一边摸索着字型变换键，一边肌腱上生出了腕管综合征。当你打了20分钟的电话，尝试和皮肤科医生约个号，你几乎可以听到对方在气喘吁吁地搜索数字键，"等等，等一小会儿"，然后噼里啪啦都是敲键盘的声音，接着"请等待页面加载"，"窗口尚未打开，请稍等"，然后"我们的系统崩溃了"。如果有人只是拿起笔，把预约信息记录下来，那就不用经历上面的破事了。

你可能觉得，如今的孩子们配有谷歌电脑、苹果平板，还有21世纪的各种技能，应该会是技艺高超的打字员——不对，不是那个词，老家伙！——现在的说法是键盘手！但原来，四年级不会手写的孩子到了中学也不能打字。学校忽略手写的同时，也放弃了打字，因为急于让孩子们扑上屏幕。学校充其量给学生线上盲打应用程序的密码，然后指望着学生自个儿跟上进度，而不是在结构完整、分级进阶的课堂上浪费时间。大部分孩子很快就会抛弃这些不顶用的小程序，甚至从一开始就不感冒。孩子们在各种键盘中松松垮垮地学习，然后对着键盘打字多年，养成了以后再也难以戒掉的坏习惯。

当我们不再盲打，我们就失去了自由书写的能力，因为每次打字都会焦虑地思考M在哪里。我们失去了同时听和打字的能力。当我们逐字记录别人的演讲时，我们也失去了与别人眼神交流的能力；我们不需要思考该字母是否需要大写，因为这份功能计算机已经帮我们自动完成了。盲打就像骑单车，一旦你学会了，无须动脑即可使用，这样你的大脑就会空出来思考行文主题、句子结构、语言、节律和流畅性。你会写得更快，写得更好。

孩子们没有培养这些可以持续终身的技能，反倒因为不正确的站位与姿势而产生了重复性压力损伤。当然，这种损伤需要数以年计才会发生，因此不是那些一开始没能培养孩子们盲打的学校需要考虑的问题。到那时候，这些没学会盲打的孩子可能早就因为颈部拉伤在做理疗了。

九十七
相册

象征着你的旧世界的相册，可能只会在少有的场合，从它们沉寂多年的柜阁底层冒出头来。不过知道它们一直压箱底，也是件令人慰藉的事。你还有父亲甚至祖父的人造皮革相册，哪怕你并不完全认识相册里一半的人，那种更宏大的历史感，就仿佛被你捏在了手里。总有一天，你会将这些相册全部浏览一遍。在那之前，这些相册身处安全之地，和你孩子的婴儿书，还有他们珍贵的密封起来的头发包装袋放在一起。

在智能手机出现之前的某个时刻，相册似乎会在后互联网世界中保持其地位。文具店卖的相册比20世纪70年代的胶粘页有了明显的改进，后者会泛黄，然后支架也松了，而且那些相簿的口袋尺寸永远无法满足你所有的照片，你不得不把相簿放在大腿上，翻来翻去，查看横竖不一的照片。高档商店提供低端技术改良版的相册，比如磨砂页面和粘黏性角框，还有彩色封面，有别于传统的皇室蓝色与酒红色。剪贴簿也曾经流行一时。每个人似乎都在以定制的方式存储他们心爱之人的图片。

后来出现了苹果手机，凭借其惊人的小摄像头和云端来存储大量图片，于是我们所有人都开始拍照了。这个手持的小设备让你没有理由把自己限制在一小撮相册里，不管那些相册有多华丽。你根本不需要花时间和金钱来冲洗照片了。你可以把照片上传到苹果、谷歌、亚马逊上，它们会帮你整理和存储。这些公司十分乐意为你效劳，因为对它们而言，每张照片都是一个数据点，有助于改进它们的面部识别技术、优化它们的客户档案、识别消费者之间的影响者关系，并定位趋势。我们仍然保留我们的照片——我们只是不把它们留给自己。

任何云相册都可以被黑客入侵，我们赤身裸体的孩子在浴缸里溅水或跑入大海的照片，都会涌向暗网。我们一般都不会去想自己的照片最后去哪儿了，因为滚动浏览苹果手机为你整理的主题相册非常方便并令人满意，回忆重新浮出水面。那些微笑，那些被遗忘的小时刻。你可以随时查看它们，而你确实这么做了——也许其他人也都这么做了。

九十八
过滤回忆

有些东西是我们不想看到的，比如那些又廉价又丰富的照片，就好像只是为了纪念那些将被忘却的，却又值得怀念的时光。你只需滚动浏览和亲朋好友共享的缓存，或翻阅那些和亲朋好友共享的相册，就可以重温过去10年每一个创伤性的微小时刻。有些东西一定会让你现在感觉很糟糕，哪怕这些东西曾经让你感觉良好。可能你只是在怀念那个更加年轻的你。但是没人会去删除很久以前发的照片，大概是因为这种照片不如坚挺的宝丽莱相机感觉真实。

在前互联网时代，那些象征着失恋后遗症、愚蠢的错误，以及20多岁的遗憾的物件，已经被丢入了深渊，或者被善意送走，没人会给它们拍张照，再挂到eBay上去卖。其他人并没有将你的痛苦来源四处宣传，还让你本人看到，而且还是以一种让人难以忽略的方式。然而别人拍了照，发到脸书上，那些照片就一直在那里，我们没有移除它们的权利；我们不能剥夺别人展示他们自己心中所好的权利。所以虽然你可以对着一大堆人讲述你的故事，而这在互联网出现之前是不可能做到的，但其他人也都可以这么做，他们还可以讲述你的故事——或者说他们用自己的版本述说你的故事。

在姜峯楠的短篇小说《双面真相》中，体内植入人生所有经历的视频录像的人们可以根据需求调出特定的回忆，就仿佛他们的大脑里有内置搜索引擎。此种情况下，"我从没说过这话！"此等婚姻纠纷可以得到证实或驳斥；模糊的童年记忆也可以瞬间恢复。你总能知道过去发生了什么，这种设定剥夺了人们将痛苦经历改编成更加令人宽慰的回忆的能力，也剥夺了人们失忆的能力。在特定的情况下，结果是人们获得了清晰的记忆。但是这种设定也可能导致几乎难以言喻的痛苦。直面过去未经过滤的现实，并不总是能让人获益。一个类似的概念可参考电视剧《黑镜》中的"你的所有历史"那一集，在这一集中，丈夫通过审视妻子的过往，嗅出她的不忠。能够随时挖掘你的整个过去，约等于被迫回忆；这让人几乎不可能挪开视线。

大多数成年人并不能清楚地回忆起每一个尴尬、羞耻、屈辱、孤独和恐惧的例子。理由是：我们的记忆会让这些过往变得模糊，从而帮助我们更好地生活。随着时间的推移，分娩的痛苦褪去了；面对死亡，我们在悼念过程中最为黑暗的阶段最终也会消散。比起悲伤的回忆，人类通常更青睐快乐的回忆。这是我们人体内置的处理机制，帮助我们实现心理生存。我们抛弃困难的记忆，因为这样做对我们最有利。这也是人们渡过难关的方法。

九十九
社交提示

人类在幼儿期的主要工作是发展社交技能，在这一过程中，小孩在学习如何跳出自己的感觉圈，考虑别人的想法。这对我们任何人来说，都不是一件容易的事。不过通过感知和模仿别人的行为，通过一系列可识别的社交提示：点头、微笑、鬼脸、避开视线、踮脚尖、耸肩膀，我们慢慢学会了大部分社交技能。

假以时日，人们学会了区分正面和负面。在许多提示我们以后会后悔的信号之中，有婆婆对新发型的婉言赞美，有客人一边倒数计时一边在餐盘上戳动烤鲑鱼的手法。这些信号存在于钢琴独奏表演结束后微弱的掌声中，存在于当你问起新连衣裙是否好看时人们含糊不清的低语声中。大部分人可以通过一系列声调、面部表情、肢体语言，以及空气中难以察觉的东西感受到人们的真实感觉，不管是关于新男朋友，关于一场演讲，还是工作原型——不管人们的言语表达如何，这些社交暗示已经说明一切。当人们不喜欢某些东西的时候，我们可以看得出来。我们很快就能意识到人们对你滔滔不绝的冗长故事不感兴趣。我们可以读懂整个房间里的情绪。

这些迹象会让我们知道自己把事情搞砸了。开会时，如果有人不喜欢你旁边的猫，你看得出来；聚会上，如果有人觉得你那看似有趣的逸事实际上令人讨厌时，你看得出来。你知道你棋差一着。你也知道怎么调整，比如说淡化、自我嘲讽，或者仅仅是把麦克风交给别人。

但是当我们用拇指而不是声音说话时，无聊、烦恼、受伤、和喜悦从谈话中流失。哪怕有时打出的字看起来很鼓舞人心！因为一张烤三文鱼的照片，你得到了"棒耶"的评论，还有一小撮点赞；因为穿着连衣裙自拍然后摆出拍手的姿势，你的照片被别人收藏了；因为不带政治意味地看跌某位参议员候选人，别人对你发了一条"LOL！"的评论——任何一张照片都足以激励你更进一步，而你并不知道在互联网的另一角落，某个分支团体正在重复呻吟你刚刚"所说的"。你可能自掘坟墓却不自知，等你意识到后，已经太迟了。哪怕有完整的表情符号，线上对话也变成了扁平的笑脸或日式食人魔脸，赞成也好反对也罢，所有的差异都被抹平了。群聊中，你没法知道如果一个人沉默是否代表他们心情不好；也许人家只是下线了，也可能在另一个窗口。当你的真身不在某个房间里，你就很难读懂这个房间；也很难在你发消息的时候分辨另一个人的面部表情。

有时候，你可能会担心你已经成了那个人，那个被其他人在线上或线下闲言碎语的人。你看啊，那个人暴露了太多抑郁情绪，也可能是暴露了太多她14岁时笨拙可爱的照片。如果一个人以各种各样的方式抱怨她的前一份工作，那对她以后就业大概不会有好处。你想说："请别那么做。"但是实际上你只收藏了她三张帖子中的其中一张，还希望她阅读你的在线评论。同时，还有那么多"朋友"在线——要算上他们！那么这句"请别那么做"听上去的意思就似乎正好相反了。她到底应该如何弄清楚这一切意味着什么？ 只有离线你才能发现人们真正的想法。

一百
落幕

经历了一次坎坷经历后,你可以依靠亲朋好友为你提供同款安慰:"随着时间推移,早晨、下周、明年你的感觉都会很不一样。""别担心,没人会记得。""你是唯一一个这么想的人。"你当然想相信这些陈词滥调,而大多数时候你是相信的,因为如果这些陈词滥调能够成真,就是对你有好处的。错误已经犯下了,坏事已经发生了。人们受伤了(尤其是你),然后人们遗忘了(哪怕是你也遗忘了),然后大家向前看了。人们十分擅长将记忆深埋过去,当再度面对他们多年前的错行时,大多数人都能镇定自若地说他们与此事无关。

现在可能是合上本书的时候了,意思是把书合上。因为线上永无终结，不管是最琐碎的小事，还是最宏伟的大事，就如同永无终结之日的互联网。没人遗忘，没人装作无事发生往前走，尤其是你。这么说的话，可能我们每个人都拽着最折磨人的过去的片段，以我们特殊的折磨人的方式，进入未来（个性化！）。

代替纸质痕迹，我们留下了多个数字痕迹：在离婚诉讼过程中，大段大段的吵架消息重新浮出水面；同事之间的秘密私人信息交谈不知何时泄露了出去；夫妻之间的房事；还有某张照片。追随其中任何一个的踪迹，你都会发现你坚持自己对琐事、错误，以及囧事的直觉过久，一直都在压力、暂时恢复、复发，和创伤后应激障碍里无限循环。内心深处痛苦的情节随着时间的推移会变成棕褐色的图像，感觉就像你曾经读过的东西发生在了别人的身上，而这种转移再未发生。

在这时间无知无尽的新世界，不存在落幕一说。因为哪怕你选择了在身后狠狠关上门，即便无论何时你都能够方便地在线上偷窥别人，你也能做到静如止水，但是其他上网的人会替你偷窥，会浏览你早年的照片，会鞭尸你当年来不及删除的陈年旧帖，并在粘连度相当高的万物互联的世界中赋予它们新生，不管是出于什么个人原因。你可能只是别人故事里一个偶然的角色，比如在人家冒泡发集体照庆祝结婚30周年时，你的手臂搂着一个虐待狂前任。祝贺你！！

真是令人疲惫啊。

我们坚持认为云是短暂的，"仅在线"的东西不知何故不算数，但在内心深处，我们知道所有这些东西都会留下永久印记。在某个地方，总是有一些你的片段存储在一个缓存中，被一个秘密的视频捕捉到，那是你无法从别人的硬盘里取回的东西，就像在儿科牙医办公室分发的凝胶蜘蛛之一，粘在墙上，留下不可磨灭的黏糊糊的蓝色污迹。

即使是最轻微的失误，对于互联网而言，也是不可原谅和忘记的，而这些琐事在互联网出现之前，往往到了早上就烟消云散了。如今，错误成了永远的错误，每一个重新发现这个错误的陌生人都不知道这件事情发生时，到底经历了怎样的悔恨交加与心情平复，实际上当他们第一次遇见这个错误时，这事已经过去好几个月，甚至好几年了。对于这些人来说，这是一个处于现在时的线上问题，塑造了你在他们心中的当下人设。

比如，一个愚蠢的大学醉酒之夜。当你手拿一袋辣椒酸橙玉米片，踉踉跄跄地穿过校园，你的左胸因为连衣裙吊带滑落而露了出来，哪怕是和你在一起的两个朋友并没有录像，也会有一个完全的陌生人录像，并把视频发给若干好友，仅仅是因为好笑。其中一位收件人理所当然地保存了屏幕截图。你压根不知道是谁保存了截图，也不知道为什么他要保存截图，更不知道他会拿截图干吗，直到8个月后，这张截图从别人的云端"故事"中飘出来。当你在生活中航行时，当你犯下人类典型的错误、产生对他人的误解、给出含糊的介绍、无意中发表冒犯言论时，没人保证这些东西不会被别人输入永久记录中。

2014年首次出现的被遗忘权才刚刚开始被认为是一种合法的道德和法律问题。2016年，欧盟引入了采集和利用16岁以下儿童信息的数据提供条例。不过美国人民没有这种权利。"美国代码协会"，一个模仿"美国教学协会"成立的非营利组织，提供名为"清空记录"服务，帮助被指控犯罪的人们减刑或豁免罪行，让他们以后买房和找工作都更容易一点。对我们其他人以及我们的囧事而言，还没到犯罪的程度，因此我们也不受保护。美国是唯一没有联邦消费者数据保护法律或机构的发达国家。除了这些全面的政府措施之外，几乎不可能干净擦除个人记录，至少以任何实质性和持久的方式擦除是不可能的。你的数字足迹也可以雕刻进混凝土。

甚至像幽灵一样在网上徘徊的死者，互联网也会向你推荐他们为潜在好友，因为他们的社交账号依然活跃。他们的页面在时间里保持冻结状态，就仿佛死者才从椅子上站起来，随时可能回来。在他的葬礼4年后，算法会建议你和你死去的叔叔庆祝友谊纪念日。你可能会很开心再次在推送中见到叔叔，也可能现在不开心，也可能永远不开心。但是这无所谓，你没法关掉推送。太多你的熟人都想让死者活着，发表悼念，然后发表回忆，再然后是死亡纪念日，挂出一副永恒的悲伤卷轴。每个人都像毁灭之神一般不定期地坐着，就这样一直守灵，一直守灵。

也许不可能完全靠另一个人来合上这本书。失散的表亲通过DNA鉴定认祖归宗了，还有你几十年前断绝关系的表亲在推特上喊你玩剧本杀。深夜潜水时，你可能发现你爸爸在有你这个家庭之前，另外还有个家。那些你曾经遗忘的人们，那些要花数小时在图书馆或者请私家侦探才能找到的人，不请自来了。那些自然而然的聚散离合，曾经构成了我们的社交生活，而如今所有的离别又归来了，因为我们所有人都永远保持联系。

想想看，没有落幕的生活意味着什么。诚然，不是所有的永恒都是糟糕的，有些永恒甚至很可爱：暖心的回忆随时触手可及，互联网赐予了它们长长的尾巴，让你再次沐浴在10年前的光芒里。你不必翻箱倒柜，就可以翻出一封领导发给你、表扬你工作业绩的邮件重读一遍。你可以凝视着宝宝的眼睛，但因为那是你的屏保，虽然他如今已经20岁了。你可以在抖音上看欢乐舞，鼠标一点就可以重温爱情喜剧里最后的接吻镜头，而不需要坐等整场电影结束。一切都是现在进行时。快乐就在这里，就在我们的指尖。

但是，当过去、现在和未来都在以太中混合在一起时，比以往任何时候都更难区分什么已经结束了，什么构成了现在时。一种健康合理的划分形式已经一去不复返了。你不能把互联网上的东西塞进底层抽屉。

我们不再掌控自己的时间表。我们困在当下，传递可能是好几年前的想法、感受、图片、观点。你可能觉得自己在前进的路上，但你永不孤单，你周围的人可能正在循环、搅动、回溯他们的过去，那也是你的过去，你在时间的洪流里和他们一起被丢来丢去。在永恒的今天，在永恒的互联网世界，你无法失联，也不能拉开物理距离或情感距离。

难怪在每一天结束时，感觉就像我们已经度过了好几天，我们的脑海里充满了不反映真实的12小时或14小时常规生活的想法、感受和印象，而是蕴含着无数层积累的经历，有些甚至——从公共定义的角度来讲——不是我们自己的经历，但现在却构成了我们心理疆域的一部分。我们常常在不知不觉中承担这一切推特管理器上一闪而过的东西、嵌在新闻故事里的表情包、YouTube上自动播放的恼人视频、你不想见到的东西）；当你的大脑尝试睡前放松时，这些都变成了大脑尝试处理的信息。大脑在拼命寻找这些图像和反馈的终结之处，趁着它们还没搅到一起。拜托，快结束吧。就像我们让设备运行一整夜，自己却离开了，很少费事去关机，所以关掉我们的大脑去睡觉似乎更难，有什么好奇怪的？

也许是我们人类落后于我们创造的技术；是我们人类觉得很难记住我们想记住的，很难守住那些属于我们且仅属于我们的东西，很难把这些东西只留给自己；是我们人类无法忘记已经失去的东西，无法释怀无法放飞；是我们人类仍旧遐想该如何做选择，当我们还有选择之时。互联网非常尽忠职守，保留了一切。也许互联网也会给我们机会，让我们坚持美好。

致谢

完成这本书感觉像是花了一生的时间,并且在某种程度上,它确实包含了我所有脾气暴躁的老年人想法,包含了谨慎的怀疑态度,带着恰恰相反的乐观情绪,带着多年累积的对文化的观察,报道了文化的表现形式和影响。这本书感觉上也写了很久,因为我花了一年的时间在火车上写作,然后,当火车停运后,我在长达七年的隔离期间写下了我的日常。

一如既往地感谢我的经纪人莱迪亚·威尔斯;我的编辑吉连·布莱克,有她做我的编辑是我三生有幸;还有卡洛琳·雷,克里斯·布兰德,卢克·艾普林,米歇尔·丹尼尔和克朗的整个团队。幸有尼尚·乔克希这位天才,当我决定给这本书画插图时，他的名字是我名单上的唯一。如果他说了不，我无法想象我会多失望。"这些插画会让人们觉得你的书很有趣。"我的其中一个孩子如是说。而我的观点是：这些插图成就了这本书。谢谢你，尼尚，谢谢你答应了我。

感谢无与伦比的奥纳·琼斯，他负责整个项目，然后开始编辑我无聊的专栏。感谢那些阅读初稿的可怜人，还指出了所有犯了可怕错误的地方：鲍勃·戈特利布，莎拉·莱尔，苏珊·多米诺斯，黛博拉·斯特恩，和艾丽卡·塔利斯。感谢陪我度过2020年的许多朋友们；你们都知道自己是谁，但尤其感谢艾丽卡，苏，莎拉，阿莱西亚·阿伯特，简·西尼尔，以及我忠实的布朗全体同事。感谢陪伴我且行且说一路走来的人们。感谢柯尔斯顿和戴维叔叔分享我们的感受。感谢我的兄弟罗格，也就是我的大哥加洛特。

最要感谢的是我的家人。在整本书编写的过程中，你们在我需要独处的时候，给我独处的空间；在我的闲暇时间，陪伴着我，给予了我许多必要的安慰、支持，以及分心。感谢你们，让我把你们赶走、对你们关门，然后又欢迎我回来。你们让我乐于待在家里。

100 THINGS WE'VE LOST TO THE INTERNET

Copyright © 2021 by Pamela Paul
Simplified Chinese translation copyright © 2022
by China Translation & Publishing House
ALL RIGHTS RESERVED
著作权合同登记号：图字01-2022-5370

图书在版编目 (CIP) 数据

消失于互联网时代的100件事 /(美) 帕梅拉·保罗(Pamela Paul) 著；张勿扬译. —北京：中译出版社，2023.1
书名原文: 100 Things We've Lost to the Internet
ISBN 978-7-5001-7218-5

Ⅰ.①消… Ⅱ.①帕…②张… Ⅲ.①随笔—作品集—美国—现代 Ⅳ.①I712.65

中国版本图书馆CIP数据核字(2022)第221567号

消失于互联网时代的100件事
XIAOSHI YU HULIANWANG SHIDAI DE 100 JIAN SHI

出版发行：	中译出版社
地　　址：	北京市西城区新街口外大街28号普天德胜大厦主楼4层
电　　话：	(010) 68359827，68359303 (发行部)；68359725 (编辑部)
传　　真：	(010) 68357870
电子邮箱：	book@ctph.com.cn
网　　址：	http://www.ctph.com.cn

出 版 人：	乔卫兵	总 策 划：	刘永淳
策划编辑：	范祥镇　王诗同	责任编辑：	范祥镇
文字编辑：	王诗同	营销编辑：	吴雪峰　董思嫄
版权支持：	马燕琦　王立萌　王少甫		

封面设计：	柒拾叁号	排　　版：	文件帮
印　　刷：	北京盛通印刷股份有限公司	经　　销：	新华书店

规　　格：	880 mm×1230 mm	1/32	
字　　数：	163千字	印　　张：	8.875
版　　次：	2023年1月第1版	印　　次：	2023年1月第1次

ISBN 978-7-5001-7218-5　　　　　　　　　定　　价：55.00元

版权所有　侵权必究
中 译 出 版 社